桜が咲く頃、君の隣で。

菊川 あすか

STARTS
スターツ出版株式会社

奇跡なんか起きない。
運命は変えられない。

明日を夢見ることを諦めた私に、
本当の奇跡を教えてくれたのは、君でした。

君が私の、私が君の頑張る理由になった時、
あの木の下で、君と一緒に明日を迎えたい。
明日もその先の未来もきっと、
綺麗《きれい》な花びらが私達に舞い降りると信じて……。

目次

桜が咲く頃、君の隣で。

第一章 last time

俺を見ない転校生

　下駄箱から上履きを取り出し放り投げるようにして床に置くと、ひっくり返ってしまった上履きに軽く舌打ちをする。朝は怠《だる》い、朝は苦手だ。登校時間があともう一時間遅かったらな、なんて思いながら上履きを履き、冷えた廊下をのんびりと歩き出した。

　三学期が始まって三日目、今日もまたいつもの一日が始まる。

　そういえば、あの噂《うわさ》はどうなったんだろう。校舎を建て直す。それも大きなスクリーンが設置された映画鑑賞室や、都会のジムさながらのトレーニングルームにプラネタリウムまで完備されているらしい。そんな噂が立ったのは、俺が入学してすぐの頃だったと思う。けれど入学からもうすぐ二年が経とうとしているのに、工事の予定は一切ない。

　大方、綺麗な校舎に憧れた誰かが希望を込めて『こんな校舎だったらいいな～』という話をして、それを聞いた誰かがまた誰かに話をし、そうして尾ひれが付いた噂話が勝手に広がってしまっただけだろう。

　三年間毎日通うのだから確かに綺麗な方がいいし、こんな施設があったらいいのになと考えることもある。天井がガラス張りになっている天体観測用の施設なんかがあったらかっこいい。でも別に天体観測が趣味だとかそういうわけではなく、むしろそういったことには興味はない方だ。噂にあった映画鑑賞ルームだって、そもそもどういう時に使うんだ？　ジムもプラネタリウムも、必要性は感じない。

誰が最初に噂を流したのか知らないし、どんな施設が出来ても構わないが、今建て直すのだけは勘弁してほしい。古くたって一応二年通ったんだ、卒業までプレハブで過ごすくらいなら通い慣れた古い校舎の方がまだましだ。

チャイムが鳴る五分前、いつも通りクラスメイトや他のクラスの知り合いに適当に挨拶をしながら、汚れて黄ばんだ廊下の壁を横目に二年三組の教室に入る。三学期でようやくクジの神様が微笑《ほほえ》んでくれて手にした窓際の一番うしろの席、そこに座り鞄《かばん》を机の横にかけた。クラスメイトのほぼ全員が登校していて、まだ来ていないのは数人といったところか。

窓の外に見えるのは、渡り廊下を挟んで反対側にある校舎。三年の教室とパソコンルーム、家庭科室とか音楽室とか各科目で使う教室がある。ここからでもよく分かるのは、くすんだクリーム色の壁だ。所々ヒビまで入っていて、崩れることはないだろうが少し心配だ。とはいえ、入学した頃から見ているのでなんら違和感はない。

いつもの校舎にいつものクラスメイト、なにも変わらないはずなのに、この日はなんとなくいつもの朝とは違っていた。

「どうやら女らしい」

「まじで？　可愛《かわい》いかなー」

「転校生が超絶美人とか、漫画の読み過ぎだろ」

「でも一組の奴《やつ》が見たって言ってたぞ」

　真ん中のうしろの席に集まっている数名の男子の会話が気になった。他の男子も心なしかどこかソワソワしている様子で、そんな男子を呆《あき》れたような目で見ている女子。どうやらこのクラスに転校生がやって来るみたいだ。しかも女子。これがイケメン男子だったなら、今の状況は男女逆転していただろう。

　誰かが職員室に行った時にたまたまうちのクラスの担任と一緒にいる転校生を見かけ、そしてその噂があっという間に広がったという感じだろうか。転校生か。聞こえてくる会話をまとめると可愛い女子らしいが……。

「彰《あきら》、聞いたか？」

「あぁ、転校生だろ」

　直接聞いたわけではないが、これだけ話が盛り上がっていれば勝手に耳に入ってくる。

「可愛いみたいだぞ」

大和《やまと》が前の席に座りながら俺の肩をポンと叩《たた》いた。

「らしいな」

一年の時も同じクラスだった渡辺大和《わたなべ》はサッカー部のエースで、頭も良くテストでは上位常連。身長は百七十二センチの俺より少し高いくらいだが、顔の造りは俺よりもはるかに出来が良い。目は綺麗な二重で鼻も高く、パーツパーツがとにかくバランス良く配置されていて、男から見てもかっこいいと思う。おまけにサッカー部のマネージャーと一年の頃から付き合っていて一途《いちず》で男らしく、リア充っぷりが半端ない。

そんな奴が、どうして俺なんかと仲良くしているのか未《いま》だに謎だ。最初に挨拶をしてきたのは大和だし、高校の友達の中で俺の家に初めて遊びに来たのも大和だった。サッカー部が休みの時や彼女と遊ばない日は一緒に帰って飯を食ったり本屋をぶらぶらしたり、俺の家に来たらゲームしたり漫画を読んだり。会話はそんなに多くないのになにが楽しいのか、お互いに一年の頃からそんな関係をずっと続けている。

人気者のお前がなんで俺なんかと一緒にいるんだ、とわざわざ聞くのも面倒だから聞いてないが。

「転校生、興味ないのか？」

「別にー」

興味ないわけではないが、興味を持ったところでただそれだけ。噂になるほど可愛いなら尚更、俺なんかには一ミリも興味を示さないだろう。なんせ俺は、平凡中の平凡だから。

　成績も運動も顔も真ん中。良くも悪くもない。クラスに一人はいる普通の男子。性格もそうだ、暗いわけでも明るいわけでもなく、楽しい話をしている時は笑うし、なんだか怠いなーと思ったら機嫌が悪くなったりもする。人気者とか真面目とかヲタクとか、なんかしらの言葉で表すなら……〝人間〟としか言えない。

　自分をそんなふうにしか説明出来ないのはどうかと思うが、部活もやっていなければ趣味もなく、将来の夢もない。学校は楽しいが、正直なにも考えていない。ただ毎日を〝普通に生きている〟だけだ。

「彼女欲しくないのか？」

「それ聞いてどうすんだよ」

リア充大和とは視線を合わせることなく、机に頬杖《ほおづえ》をつき窓の外を見ながら答えた。

「いや、別に。彰に彼女が出来るとしたらどんな子なのかなーって」

「なんだそれ」

「最近一番気になることだからさ」

「そんな無駄なことに一番を使うな」

彼女が欲しくないわけない。俺だって普通の十七歳の男なんだ、むしろ彼女は欲しい。可愛ければ尚良い。でも現状、それは不可能に近いだろう。自分のことは自分が一番よく分かっているから。

例えば彼女が出来て映画とか遊園地とか行ったとして、もしつまらなかったら俺は顔に出てしまう。興味ない映画なら多分寝るし、遊園地で並ぶ時間が長かったらため息が出てしまうかもしれない。

買い物なんかに付き合わされた日には、最悪だ。今年の夏だったか、幼馴染《おさなな じ》みでクラスメイトでもある藤巻理紗《ふじまきりさ》に無理やり買い物に付き合わされた時、『このお店、キープ』とか言いながら何度も何度も同じ店に連れ回された。挙げ句の果てにどっちがいいか聞かれて適当に答えると、なぜか怒られたり。とにかく女子の買い物は疲れるというイメージしかない。一緒に楽しむなんて無理だし、家で一人でゲームをやっていた方がはるかに楽しい。だから彼女が出来てもこんな俺ではきっとすぐに振られて終わりだ。

そういう考えが頭の中にあるからか、好きな人すらなかなか出来ない。万が一好きな人が出来て、それが今までの考えを覆してしまうほど夢中になれる子なら違うのだろうか。彼女と一緒にいられるだけでラブストーリーの映画も眠くならず、遊園地の待ち時間なんてあっという間に過ぎて、買い物も疲れを感じないくらい楽しい。想像出来ないが、そんな子に出会えたなら、ただなんとなくだらだらと生きている俺のつまらない人生も変わるのかな……。

「もしかして転校生の話？」

いつの間にか理紗が席の横に立ち、腕を組みながら俺を見下ろしている。

もしそうだと言ったら、『可愛いとか可愛くないとか、男子ってそういうところでしか女子を見ないよね』などという説教が始まりそうだから「別に」と答えようと思ったのに、大和が「そうそう」とノリノリで答えてしまった。

だが理紗は、俺の想像とは違う反応を返してきた。

「一人の転校生が沢山ある高校からうちの高校を選んで、しかもうちのクラスに来るって、なんとなくそれだけでも運命だと思うし一期一会って感じしない？　仲良くなれるといいよね」

俺はポカンと口を開けて理紗を見上げた。運命とか一期一会とか、そういうことを言うタイプだったっけ？　少なくとも会話の中に四字熟語を入れてきたことなんか今までなかった気がするが、転校生という存在に理紗もテンションが上がっているんだろうか。

「言い過ぎな気がするけど、まぁそうなのかな」

理紗の言葉に若干戸惑い気味に答えると、理紗は誰も立っていない教壇に真っ直《す》ぐ視線を向けている。

可愛い転校生が来ることにより女子の嫉妬が始まって、割と平和だったこのクラスにギスギスした空気が流れるかもしれないと少しだけ心配になっていたけれど、理紗がいればそれはないか。子供の頃から男女関係なく誰とでも仲良くなれて、明るく元気で正義感の塊みたいな奴、それが理紗だからな。

「おーい、席着け」

チャイムが鳴るのと同時に、今日も髪をキッチリとオールバックに固めている担任が転校生をしたがえて教室に入って来た。

さっきまで騒がしかった教室が一気に静寂に包まれた。一番うしろの席からでは全員の顔は見えないが、みんながどこを見ているのかはだいたい分かる。前方に座っているクラスメイトの間から転校生の姿がちゃんと見えるようにと、俺は椅子を少しだけ横にずらした。

担任から少し距離を取った位置に立っているその子の顔は、俯《うつむ》いていてよく見えない。担任が手招きをしながら「もう少しこっちに」と言うとその子は、俯いたまま一歩だけ担任に近づいた。

長い黒髪は艶があって、触らなくてもサラサラなのだということが容易に想像出来る。長袖のブレザーから出ている手も、チェックのスカートの下から伸びている足も白い……って、これじゃあただの変態だ。

「今日からこのクラスの一員になる雪下美琴《ゆきしたみこと》さんだ。じゃあ簡単に挨拶して」

担任にそう言われた雪下さんは、両手でスカートを軽く握った。なんだかこっちまで緊張してくる。

「雪下……美琴と言います。よろし……」

想像通りの高い声は、少し震えている。よろしくお願いしますと言おうとして途中で言葉を止めたのか、それとも声が小さくてうしろの席の俺まで届かなかっただけなのかは分からない。とにかく緊張しているだろうということだけは伝わる。

クラス中が固唾《かたず》を飲んで見守る中、黒板に雪下さんの名前を書き終えた担任が「大丈夫?」と声をかけた。すると雪下さんの肩が少しだけ上がり、俯いていた顔をパッと上げる。

その瞬間、心臓がドクンと大きく脈を打った。黒髪のせいで余計に白く見える肌、何度も瞬《まばた》きをする大きな目は、遠くを見つめるかのように教室のうしろの壁に真っ直ぐ向けられている。可愛いという言葉以外で表すなら、目を離したら消えてしまうのではないかと思うほど透明感があって、どこか儚《はかな》げだ。

勝手に震えてしまう自分の心臓に手を当て、ゴクリと唾を飲んで見つめていると、彼女は言った。

「雪下美琴です。この学校の近くにある大学病院に通うため、転校して来ました」

少しだけざわつき始める教室。深く考える余裕もないまま、彼女の言葉が頭の中を通り過ぎた。

「私は……病気です。だから、体育は見学が多くなるし放課後遊んだりとかもあまり出来ませんが、よろしくお願いします」

頭を下げると、雪下さんの長い髪が揺れた。不謹慎だとは思うが、その容姿と病気というのが妙に合っている気がした。

「席だけど……」

担任がそう言うと、俺は顔を上げた。俺のクラスは転校生が来るまでは全員で三十一人。席は縦に五人ずつ横に六列並んでいて、俺の席のある縦の列だけは六人いる。つまり、ひとりだけ飛び出ていて昨日まで俺の席の横だけ誰もいない状態だったはず。今日、教室に入って席に着いた直後からなにか少し違和感があったのは、これのせいだったのかと今更気付く。チラッと横を見ると、そこにはあるはずのない机があった。

「あそこの空いている席で。おい吉見《よしみ》、頼むぞ」

担任と目が合うと、俺は背筋を伸ばして頷《うなず》いた。

転校生が来るという経験は多分小学生の頃にあったと思うが、転校生を頼むと言われたことは一度もない。これが初めてだ。もう高校生なのだから世話をしろという意味での〝頼む〟ではないだろうし、頼まれても具体的になにをすればいいのだろうか。

とりあえず、軽めに挨拶だけしてみよう。

俯きながら徐々に近づいて来る雪下さんを目で追いながら、声をかけるために姿勢を整えた。たかだか声をかけるだけなのに、なんでドキドキしてんだよ。可愛いからか？　担任に頼むと言われたからか？

俺の席の横に立ったところで声をかけようと口を開いたけれど、雪下さんはすぐ俺に背を向けてしまった。『よろしく』と言うタイミングを逃し、開いたままの口が間抜けだ。

席に座った雪下さんは、鞄から教科書を取り出し両手を膝の上に置いて前を向いた。もしかしたら教科書を見せてあげるとか、そういう接触があるのかと思ったが、既に揃《そろ》えているようだ。少し残念だと思っている自分がいる。

ふと気付くと、クラスのほぼ全員がうしろを振り返って雪下さんを見ていた。

「よーし、それじゃあ授業始めるぞ」

担任の言葉にクラスメイトはようやく前を向いたけれど、俺は雪下さんの横顔を見つめていた。近くで見ると、本当に肌が白い。

さっき病気だと言っていたけれど、どんな病気なんだろうか。病院に通いやすくするためにわざわざ転校するということは、結構重い病気なのか？　いや、でも深刻な病気を転校初日でいきなり打ち明けるなんてことはしない気もする。激しい運動が出来ないからあえて最初に話したのか……。

　ジッと見つめている怪しい視線に気付いたのか、雪下さんが突然俺の方を向いた。黒目がちの瞳はとても綺麗だけれど、どこか冷たさを含んでいるようにも見える。その瞳を見つめながら、今度こそという気持ちで俺は口を開いた。

「あ、吉見彰です。よろしく」

　小声でそう伝えると、彼女は目を伏せ、そしてなにも言わずに前を向いた。

　あれ……？　聞こえなかったんだろうか。いや、そんなはずはない。一瞬だけど目は合ったと思うし、聞き取れないほどの小声でもなかった。もしかして、無視されたのか？　それとも俺がずっと見ていたことに気付いていて、少し気持ち悪いと思われたのか……。

　彼女から視線を逸《そ》らした俺は、若干のモヤモヤした気持ちを抱えながらも先生の授業に耳を傾けた。

　休み時間になると、転校生の周りには人だかりが出来た。隣の席の俺から僅《わず》かに見えるのは彼女の長い髪だけで、ほぼ隙間なく埋まっている。

　取り囲んでいるのはほとんどが女子で、大多数の男子達は自分の席から様子をうかがっているという感じだ。本当は話したいけれど、女子の中に割って入るほどの勇気がないのだろう。とっつきやすいイメージではないし、可愛いから尚更だ。

時々会話が聞こえてくるものの、内容まではよく聞こえない。更には他のクラスの奴らまで見に来るもんだから、騒がしくて仕方がない。

一時限目も二時限目もその後も雪下さんと会話出来ない状態がずっと続いたまま、昼休みを迎えた。隣の席なのだから、一度くらいはきちんと挨拶をしておくべきだ。そう思い、雪下さんがまた囲まれてしまう前にさっさと声をかけてしまおうと、授業が終わった瞬間誰よりも早く立ち上がった。

「あの俺、吉見彰って言います」

雪下さんは鞄を机の上に置いて立ち上がったが、俺の目を見るどころかこちらを向いてもくれない。だが聞こえていないわけではなさそうだ。俺の言葉に反応して一瞬だけ肩が動いたはずなのに、あえてそれをなかったことにしているように見えたからだ。どうしてだろうと考えてみても、分かるはずがない。だから今度は答えられるような言葉をかけようと、もう一度口を開いた。

「あ……えっと雪下さん、昼は弁当？　誰かと一緒に食べるの？　うちのクラスの女子は騒がしいけど悪い奴はいないと思うから、気軽に……」

「すみません……」

雪下さんは俺に向かって頭を下げた。話を中断されたにもかかわらず、そんなことよりやっぱり声も綺麗だなと思ったのが正直なところだ。彼女の俯いている姿に見惚《みと》れつつ、話を続けた。

「いや、なんで謝んの？　隣の席だし、これからよろ」

「私、今日はもう帰るので」

感情が全く感じられない台詞《せりふ》のような彼女の言葉に、またも話を途中で遮られてしまった。俺の話がつまらないからか、でも別に面白い話をしようとしたわけではない。ただの挨拶だ。よろしくと、それさえも最後まで言わせてくれない雪下さん。俺のことを良く思っていないのだろうか。最初に見つめ過ぎたのがやはり気持ち悪かったのか、それか転校初日で色んな奴らに囲まれて一方的に話しかけられ、戸惑ってしまったのかもしれない。

「そっか、じゃあまた明日」

返事をすることなく急ぐように鞄を持ち、俺に背を向けた雪下さん。「さようなら」くらいは言ってもよさそうなものだが、こんな態度を取られてしまうと次に話しかける時にあれこれ考えてしまいそうだ。

「帰るの？」

クラスの女子に言われ、雪下さんは頷いた。

「うん。今日は病院に行くから、もう帰らなきゃいけないんだ」

ちゃんと返事をしている。しかも割とハッキリ。「気を付けてね」「また明日」というクラスメイトの声にも手を振って答えている。

雪下さんが教室の入口まで行くと、理紗が駆け寄って行った。ここからでは会話は聞き取れないが、なにやら楽しそうに話をしている。三回の休み時間の間にもう仲良くなったのか、さすが理紗だ。などと感心しながら見ていると、雪下さんが突然口を大きく開けて笑った。その笑顔に、またも心臓が激しく揺れる。

俺とは目も合わせてくれなかったのに、普通に楽しそうに笑うじゃん。ということは、戸惑っていたわけではないのか。

視線の先にいる雪下さんは、笑顔のまま理紗に手を振って教室を出て行った。もしかしたら男が苦手なのかもしれないが、なんだか腑《ふ》に落ちない。

「気になっちゃう感じ?」

ハッとして振り返ると、大和が俺の前の席に座って購買のパンをかじっている。しかもちょっとニヤつきながら。

「なにがだよ」

入口に向いていた体を元に戻し、鞄から弁当を取り出して机の上に置いた。

「珍しく一生懸命話しかけてたから」

いったいいつから見ていたのだと言いたくなったけれど、この話はあまり膨《ふく》らませたくない。

「別に、隣の席だし挨拶ぐらいはしとかなきゃと思っただけだ」

「へー、そうなんだ。弁当誰と食べるのか気にしたり、人のことに興味を示さないお前がそこまで考えてあげるなんて珍しいからさ」

「考えてあげるとか、そんな大袈裟《おおげさ》なことじゃねぇし。最初だから気遣っただけで、ただの挨拶だろ」

会話まで聞かれていたのかと思うと恥ずかしい。そのただの挨拶ですらまともに返してもらえなかったのだから。

弁当の卵焼きがいつもよりしょっぱいし、自分の気持ちがモヤモヤしているこんな時に限ってご飯もやたらと柔らかくて不愉快だ。でも作ってもらっているのだから文句は言えない。

「大和は……喋《しゃべ》ったのか？」

気になるわけじゃなく、ただの会話の流れで聞いただけ。そう言わんばかりに弁当を食べながら呟《つぶや》いた。

「喋ったよ」

大和の言葉に思わず顔を上げてしまった自分に驚き、すぐに目を伏せた。

「ふーん。なんて？」

俺はいったいどうしちゃったんだろう。自分でも不思議に思うほど、雪下さんのことが気になって仕方がない。俺にはほぼ無視と言ってもいい態度だった雪下さんが、大和とはなにを喋ったのか気になる。

「クラスの印象はどうか聞いたんだ」

「それで？」

「みんな優しそうで安心したって」

まぁ、そう答えるしかないよな。優しそうと言うわりには俺に冷たかった気がするが。それに、大和の言葉にはちゃんと返事をしたということか……。

「でもさ、俺は安心したよ」

「は？　なにがだよ」

「彰にもやっと好きな人が出来そうで」

「なっ、別にそんなんじゃねーし」

大和は食べ終わったパンの袋を丸めながら俺を見て薄笑いを浮かべている。

「まじでさ、少し心配だったんだよ。一応友達だし」

「心配って、俺のことがか？」

頷いた大和がパンの袋を俺の後方めがけて放り投げると、袋は見事にゴミ箱の中に吸い込まれた。こういうことを毎回軽々とやってのけてしまうところが、イケメンの持つ力みたいなものなのだろうか。俺が投げたら確実に外すだろうな。そして結局自分で取りに行って捨てるという情けないことになるのは目に見えている。だから俺は決して投げずにゴミは歩いてゴミ箱に捨てる。

「毎日楽しそうにはしてるけどさ、彰が夢中になってなにかについて語るとか、好きな女の話するとか、そういう姿を見せたことないだろ？」

大和の言う通りだ。好きな女の話はいないからしないだけだが、学校の行事やイベントごとだけでなく、学校生活全てにおいてなにかに本気で夢中になったことは一度もない。もちろん体育祭や球技大会で勝った時には喜ぶし、クラスメイトとハイタッチだってする。ただ、そこまで熱くなれないだけだ。決して余韻に浸ることはなく、次の瞬間には疲れたなーという気持ちしか残らなくて、体育祭の後に打ち上げだなんだと騒いでいるクラスメイトのノリにはついていけない。

「ある意味凄《すご》いよな、彰は」

「どこがだよ。人気者のお前に言われてもな」

「だって、彰はいつだって彰じゃん」

「なんだそれ」

よく分からない大和の話に耳を傾けながら、食べ終えた弁当箱を鞄にしまった。壁に寄りかかると、教室の入口に立っている他のクラスの女子数名がこちらを見ている。こちら、ではなく大和だろうな。間違っても俺を見ているなんてことはないだろう。

「気も使わないし、自分の感情の赴くままというか、とにかくいつでも素《す》だし普通だよな」

「それって全然凄くないだろ」

「俺はそうは思わないけど。学校みたいな集団生活の場において素でいられるって結構凄いことだぞ」

俺は首を傾《かし》げた。部活でも行事でも恋愛でもなんでも、一つのことに夢中になれる奴が羨《うらや》ましいと思っているからだ。そうやって頑張っている奴らと比べてしまえば、素でいられることなんかなんの得にもならない。

それに、ただなんとなく毎日を過ごしていることに不安がないわけじゃない。中学も特別なことはなにもなく過ぎてしまったし、このまま高校生活を終えてしまって本当にいいのかとも思う。

「俺はそういう普通の彰と一緒にいるとすげー楽だけどさ、好きな人くらいはいた方がいいんじゃないかと思ってたから、安心したよ」

「だからそんなんじゃねーって言ってんだろ」

言葉ではそう言い返しているのに、なぜか雪下さんの顔が浮かんだ。笑った顔などではなく、決して俺の目を見ず素っ気ない返事しかしてくれない雪下さんの顔。明日になったら、理紗に見せていたような笑顔を俺にも向けてくれるだろうか。

「でも気になるんだろ？」

「さぁな……」

大和の質問から逃れるように、窓の外に視線を移した。目に映るのは綺麗な青空ではなく、薄汚れた壁。

「やりたいこととか将来の夢とかなんもないしなんも考えてないって前に言ってたけどさ、ほんのちょっとのキッカケで、これまで自分が見てきた世界が大きく変わることもあるんだぜ」

大和の言っていることは、俺にはよく分からない。逆に、プロのサッカー選手になりたいという夢のある大和には、俺の気持ちは分からないだろう。適当に生きているだけの、なにもない空っぽの俺の気持ちは。

「ふーん。まぁよく分かんねぇけど、好きとかじゃないから勝手に妄想すんなよな」

「じゃあ仲良くなりたくないのか？　俺はなりたいけどなー。転校生がどんな子か気になるし」

窓の外にあった視線を大和に向けた。大和と雪下さんが並んだら、とんでもなく絵になるなと一瞬思ってしまった。それと同時に、少しだけ嫌な気持ちになった。

「仲良くっつーか……嫌われたくはないかもな……」

思わずぽろっと呟くと、大和は身を乗り出し、俺の机の上に両手を置いて口角を上げた。

「なっ、なんだよ」

「人からどう思われてるかとかそういうの全然気にしないお前が、嫌われたくないって今言ったよな?」

「今のはそういう意味じゃなくて、だって、そりゃそうだろ。嫌われるのと嫌われないのとじゃ……」

なんだか必死に言い訳をしているようにしか思えなくて、俺は言葉を止めた。

確かに、俺は人の目を気にして行動するようなことはあまりない。俺みたいになにもない奴が、誰に嫌われようとどう思われようとたいして重要じゃないと思っているからだ。でも今、俺は雪下さんに嫌われたくないと思っている。まだ会ったばかりで特別な気持ちはないはずなのに、出来れば嫌われたくない、というかむしろ好かれたいと思っている自分に驚いている。無視されたり冷たい反応しかしてくれなかったというのに。

「普通はさ、今こういうことを言ったら嫌われるかもとか考えちゃうもんなんだよ。人気者は特にな」

「お前それ、自分で言うのかよ」

笑っている大和を見て、ふと思った。完璧な大和には悩みなんかないんだろうなと思っていたけれど、もしかしたら人気者は人気者ゆえの苦悩みたいなものがあるのかもしれない。人の目を気にしなきゃいけないっていうのも、結構しんどいだろうな。

「必死に話しかけようとしてる彰を初めて見たもんだから嬉《うれ》しくてつい色々言っちゃったけどさ、まーあれだ、気になるならその気持ちがなんなのか確かめてみるのもいいんじゃねーの？　とりあえずトイレトイレ」

そう言って大和が席を立ち教室を出ようとすると、入口に立っていた女子に早速話しかけられている。笑顔で答えている大和を見て、早く行かないと漏《も》れるぞーと、心の中で訴えてみた。俺なら話しかけられても立ち止まることなくトイレに一直線だけど、でももし雪下さんに呼び止められたとしたら……そう考えると、立ち止まってしまうような気がした。

大和が無事トイレに行ったのを見届けた俺は、机に肘をつき窓の外に目を向ける。特になにかを見ているという意識はなく、壁に入ったヒビの辺りがボーっとしている俺の視界に勝手に映っていた。

確かめると言っても、具体的にどうすればいいのだろうか。雪下さんが俺と普通に話してくれるようになったら、その答えも自然と見つかるのか……。なにも考えずに過ごしてきたせいか、こういう時にどうしたらいいのかなにも浮かばない。我ながら情けないな。

　翌日、俺はうっかり寝坊した。色々考え過ぎて眠れなかったせいだ。こんなに悩んだのは久し振りだと思うくらい、目を瞑《つぶ》って必死に寝ようとしても雪下さんのことが頭から離れなかった。だから眠れないついでに、これまでの経験を振り返ってみて対策を考えようと思ったのが余計に眠れなかった原因かもしれない。

　一応十七年生きてきたのだから、俺にも好きな人くらいはいた。小学生の頃は、クラスで一番人気のあった女子だ。でもあの頃俺がどうやって好きな子と接していたのか覚えていない。多分好きだと思うだけで、なにもしなかったのだろうな。中学でも一応好きかもしれないと思う女子はいたが、その子に彼氏が出来たというのを聞いた時、なにも感じなかった。つまりそれは、好きじゃなかったんだろう。

　眠れないからといって昔のことなどあれこれ考えた上に、結局なんの答えも見つけられないまま案の定寝坊をしてしまったというわけだ。

　いつもより十分遅れて電車に乗り、駅に着いたのはチャイムが鳴る五分前。走れば間に合うかもしれない。走るくらいなら遅刻したって構わないだろと一瞬思ったが、これまで無遅刻無欠席ということだけが俺の唯一の自慢だと言える。正直他の奴らから見たらそんなこと自慢でもなんでもないのかもしれないが、こうなったらもう自分との戦いだ。絶対に遅刻はしたくない。

改札を抜け南口に出ると駅前の通りは人が多いが、そこを抜けてしまえばあまり車の通らない片側一車線の一本道。全速力で走った。のん気に歩いている生徒を何人か見つけたが、俺はそいつらの横を必死に駆け抜ける。

鞄からスマホを取り出して時間を確認している暇はないが、多分ギリギリ間に合うだろう。そう思った時、少し前を歩く女子の姿が目に入った。茶色いコートに、腰まで届きそうな長い黒髪が揺れている。俺は走る速度を少しだけ落とした。

少しずつ近づいて行きあと二十メートルほどの距離まで来ると、急に心臓が激しく波を打つ。全速力で走ったからではないとハッキリ分かっていた。二メートル、一メートルと、彼女との距離はあっという間に縮まっていった。

目の前で長い髪が風になびいた瞬間、俺はなにも考えず……彼女の、雪下さんの腕を掴《つか》んだ。

「走れば間に合うぞ」

雪下さんの左腕を掴んだままさっきよりも少しペースを落として走り出すと、心臓を握られているかのように突然胸が苦しくなった。そして周りを歩いている人の姿も景色も目に入らなくなる。俺は前を向いたまま、ただひたすら走った。

振り返ることの出来ない俺には、雪下さんが今どんな顔をしているのか分からないし、こんなことをしたら嫌がられるかもしれない。でも雪下さんのうしろ姿を見た瞬間、冷たい態度を取られたことなんてどうでもいいと思ってしまった。そんなことよりも、雪下さんと仲良くなりたい。そう強く思った時、俺は自然と雪下さんの腕を掴んで走っていた。

まだ開いている門の中へ駆け込むと同時に、雪下さんは俺の手を振り払った。そこでようやく俺は我に返り、雪下さんの方を見る。彼女は膝に手を当て前屈《まえかが》みになり、小さい肩が小刻みに揺れている。垂れ下がった長い髪で顔はよく見えない。

「あ、ごめん……ギリギリ間に合うと思ったから……」

「……だって」

「えっ?」

「私……病気だって言ったよね?」

「……あっ」

そうだ、病気だからって言っていたのに、仲良くなりたいという思いだけで突っ走ってしまった……。

その時初めて昨日の雪下さんの言葉を思い出した俺は、分かりやすいくらいオロオロとうろたえながら思い切り頭を下げた。

「ごめん! 本当にごめん! 普通に忘れてた」

恐る恐る顔を上げた俺の目に映ったのは、大きな瞳を潤ませて俺を真っ直ぐ見つめている雪下さん。涙を溜《た》めた目が、朝日でキラキラと光って見えた。

体は大丈夫か聞こうとした時、雪下さんは俯きながら校舎に向かって歩いて行ってしまった。

その場にぼんやりと立ち尽くしている俺の横を、他の生徒が通り過ぎる。鳴り響くチャイムの音も、どこか遠くの方から聞こえているような気がした。

俺はなんてバカなんだ。仲良くなりたいという思いだけで、なにも考えていないにもほどがある。普段からなにも考えずに、思うがまま適当に過ごしていたからこんなことになるんだ。よりによって、嫌われたくないと思った相手にこんなことをしてしまうなんて。せめてすぐに走り出さずに、走ろうって声をかければよかった。一度でも振り返って雪下さんの顔を確認していれば、嫌がっているのが分かったかもしれないのに。それに病気だという大切なことを忘れるなんて……バカだ、俺は本当にどうしようもないバカだ。

教室に入った時にはちょうど出席を取り終えたばかりだったのか、担任が残念そうに俺の顔を見た。無遅刻無欠席はこの際もうどうでもいいけれど、雪下さんのうしろを通り過ぎた時に感じた胸の痛みは、消えそうにない。

授業中、俺は一切雪下さんを見なかった。というより、見ることが出来なかった。『走らせてしまってごめん』とそう言えばいいのに、あの時見た雪下さんの顔を思い出すと、そんな簡単な言葉すら言い出せなくなる。

きっと俺のことが嫌いになったに違いない。いや、むしろ最初から俺のことが苦手だったんだ。しつこく話しかけたらもっと嫌われてしまうかもしれないけれど、でも出来るなら話したい。雪下さんのことが知りたい。でも……。

答えが出ないまま、俺の頭の中で同じ言葉が何度も繰り返される。一度でも雪下さんが俺に笑顔を向けてくれていたら、普通に返事をしてくれていたら、悩まずに話しかけていただろう。けれど俺に向けられたのは笑顔ではなく、今にも泣き出してしまいそうなほどに潤んだ瞳だった。

大和の背中に隠れるようにして頭を抱えていると、チャイムが鳴った。

「とうとう遅刻しちゃったな、皆勤賞への道はここで途絶えたか。って、お前ずっとこのままだったのか？」

振り返った大和が俺の机の上を見てそう言った。机には現代文と化学の教科書が閉じたまま置かれている。ふと前を見ると、黒板には数字が並んでいた。

「あぁ、数学だったか……」

次の授業はなんだったかと、黒板の横に貼られている時間割を見ながら家庭科の教科書を鞄から取り出し、再び頭を抱えた。

「彰のそういう顔、初めて見るな」

自分がどんな顔をしているのかは分からないが、普通じゃないのは自分でも分かっている。

「美琴！」

突然聞こえてきた声に、俺は息を吹き返したかのようにパッと顔を上げた。呼ばれた雪下さんは立ち上がり、廊下側にある理紗の席に向かった。

理紗はもう名前で呼んでいるのか。うしろ姿しか見えないけれど、理紗が笑っているから雪下さんもきっと笑っているんだろうな。体調は大丈夫なようだ。それだけでもホッとする。

「お前、大丈夫かよ」

なにがだ？　とはもう言えない。俺のことを一番よく見てきた大和には、なんとなく分かっているんだろう。

「そうやって悩むのは別に悪いことじゃないし、むしろ良いことだと思うけどさ」

「良いこと？」

「ああ。眉間にしわ寄せて難しい顔して、かと思えば名前を聞いただけで目を見開いちゃって。それってすげー考えてるし意識してるってことだろ？　なにもない、なにも考えてないとか言ってたお前がさ」

言われてみればそうだ。なんの授業をしているのかも分からず、誰の声も聞こえず、一時間も一つのことについて考えるなんて今までなかったかもしれない。いや一時間どころじゃない。昨日から、俺はずっと雪下さんのことを考えていた。空っぽだった俺の心の中に、今は雪下さんが確実に存在している。

チャイムが鳴ると、雪下さんが席に戻って来た。俺の顔は決して見ないし、ただ隣に座っただけだ。それなのに、胸が苦しくて締めつけられるような気がする。

配られたプリントと教科書を机の上に置いたまま雪下さんのことばかり考えている俺の耳に、老舗旅館の女将《おかみ》のような品のある家庭科の先生の声が届いた。

「では、隣の席の人と二人一組で話し合って、次の授業では実際に……」

先生の言葉は続いているようだが、俺は急いでプリントを手に取った。隣の席、二人一組……。

ガタガタと机を動かす音が教室中に響く。様子をうかがうように視線を横に向けると、雪下さんが立ち上がって机の両端に手をかけた。俺は焦《あせ》って自分の机を右に寄せる。

今朝の出来事で、俺は彼女を泣かせてしまった。でもまだ出会ってたったの二日、これからきっと挽回《ばんかい》出来る。正直、あれこれ考えて作戦を練って彼女の気を引くようなやり方は俺には出来ない。ありのまま思った通りに行動するしかないけれど、少しずつ雪下さんのことを知っていきたいと思った。

「よろしくね、雪下さん」

　雪下さんの方に机を近づけた俺は、そう言って椅子に座った。雪下さんは目も合せてくれない。想定内だ。気にならないと言ったら嘘《うそ》になるが、こんなことで落ち込んでいたらきりがない。

「快適な街づくりか。まずはどの世帯にするかだよな」

　ファミリー、一人暮らし、お年寄り、それぞれ住む人によってどのような街づくりをすれば快適に暮らせるのか。プリントに目を通しながら考えていると、雪下さんの手が動いた。プリントになにか書いているようだ。目線だけを向けると、プリントの隅になにかの動物の絵を描いている。

「タヌキ？」

　見られていることに気付いた雪下さんは描くのを止め、動物の絵の上に両手を重ねた。そして、「……猫」と、そうボソッと呟いた。

「あっ……猫、だよね」

　笑って誤魔化《ごまか》しながら、心の中で自分を殴る。またお前はそうやってなにも考えずに発言する！　普通に考えて、落書きするとしたらタヌキじゃなくて猫が定番だろ！

　喋れば喋るほど印象が悪くなる気がするが、喋らなければ雪下さんを知ることさえも出来ないし、悩むな……。他のクラスメイトは隣の席同士で話し合いを進めているようだ。時に笑ったり、不満そうな表情を浮かべたりしながら。

俺と雪下さんの間には、見えない壁が確実にある。俺ではなく理紗だったら、雪下さんはもっと楽しく授業を進められたのかもしれない。理紗と言うよりも、俺以外の奴と言った方が正しいのか。

「えっと、とりあえず雪下さんはどの世帯が住む街づくりを考えたい？」

雪下さんは黙って俯いている。どうしても俺とは話したくないらしい。

「お、俺は、やっぱファミリーかな。自分達と同じ環境の方が考えやすいと思うし」

様子をうかがいながら言った俺の言葉に、プリントを見ながら雪下さんは頷いた。

そんなに凝視しなければいけないようなことは、このプリントには書かれていない。

つまり、俺を見ないための逃げ道がプリントというわけか。切ないな……。

「じゃあ、ファミリーってことで。まずはお互いノートに書いて、それを後でまとめる感じにしようか？」

雪下さんが無言で頷く。それを確認した俺は、鉛筆を持った。話し声や物音で雑然としている中、黙ってノートに向かっているのは俺達だけで、まるでここだけ別空間にいるようだ。俺達にだけ喋ってはいけないというルールが課せられているように見えるが、そんなルールはない。そう思い、俺は鉛筆を持つ手に力を込めた。

「雪下さんは……姉妹いるの？」

なんでもない世間話なのに、告白でもしているかのような緊張感が俺達の間に流れる。

少し間を置いて、雪下さんは首を横に振った。

「俺は兄貴がいるんだ。俺と違って出来た兄だから、なにかと比べられちゃってね」

別に聞いてない。という心の声が雪下さんから聞こえてきそうだ。俺自身もそう思っている。別に俺のことなんか興味ないだろ。それでも、たとえ一方的だとしても、少しでも話をしたいと思う。二人で話す機会はもう二度と訪れないかもしれないし。

「趣味とかある？」「うちの学校ボロいでしょ？」「理紗はたまに口煩《うるさ》い時あるけどいい奴だから」「家は近いの？」「部活は入る予定ある？」

一時間の間に俺が投げかけた質問全てに、雪下さんは頷くか首を横に振るかで答えた。一度も声は聞いていない。一度も、俺の顔は見なかった。

休み時間になると、やはり他のクラスメイトには笑顔を見せる雪下さん。それでもなぜか、俺の心の糸は切れなかった。いつもの俺なら、面倒だからもういいと思ってしまっただろう。意地になっているのかもしれないし正直凄《すご》く悩むけれど、多分知りたいのだと思う。

俺を見てくれない、その理由を……。

なにかが少し違う日々

高校から地元の駅までは五駅。一本だから楽だし、近い方だろう。朝の電車は満員というほどではないが、それなりに人は沢山いて座れることはまずない。帰りの車内はというと、朝とは違い所々空いている席があるが、俺はほとんど座ったことがない。今日も席はいくつか空いていたが、俺は座らずにつり革に掴まりながらボーっと外を眺めていた。

雪下さんが転校して来てから一週間、成果はなし。どれだけ話しかけても相変わらず俺にだけ素っ気ない。無視されることも多々あった。話がつまらないのかもしれないが、それにしたって冷た過ぎる。なぜそんな態度なのか分からないが、雪下さんが俺を良く思っていないことだけは確かだ。

「なーんか元気ないけど、どうしたの？」

目の前に座っている理紗が俺を見上げた。そういえば今日は理紗が一緒だったんだ。

「別に……」

子供の頃から常に側にいた理紗が同じ高校を受験すると知った時は少し驚いたが、ここまできたら高校が一緒だろうが大学が一緒だろうが理紗が近くにいることが自然過ぎてなんとも思わなかった。気も使わないし、お互い空気みたいな存在なのだろう。

だから、いざ高校に通い出して一緒に登校するかといえば、そうではなかった。家は近いが朝はお互い出る時間が違う。理紗は余裕を持って登校したいタイプで、俺はギリギリまで寝ていたいタイプだ。だから朝一緒の電車に乗ることはほとんどない。ただ、帰りは理紗の部活がない日に時々こうして一緒になる。もちろん一緒に帰ろうなどと約束するわけではなく、たまたまだ。

「悩みがあるなら相談にのるよ？」

眉をひそめて俺を見上げる目から心配してくれているのが伝わったが、俺は「なんもねぇよ」と答えた。さすがに雪下さんのことは相談出来ない。

子供の頃、気の弱い友達がからかわれたりすると理紗が助ける、そんな場面を何度も見た。クラスの中で虐《いじ》めのようなことが行われていれば、声を大にして『やめなよ！』と訴えるような奴だ。

そんな理紗とは異性ということもあってか、中学になるとあまり二人では遊ばなくなったが、部活や行事に相変わらず一生懸命取り組んでいる理紗を見かけることは度々あった。いつまで経っても理紗は変わらないなと思う一方、俺はだいぶ変わった。

こんな俺でも子供の頃はそれなりに一生懸命だったはずで、運動会では一等を取ろうと必死に走ったし、なんだったか忘れたけれど夢もあったと思う。それが成長と共に段々と変わっていき、頑張ったってどうせ無理なんだからと、いつしか毎日を適当に過ごすようになっていった。楽しければそれでいい。人生まだまだ長いのだからどうにでもなると。俺自身それでいいと思っていたが、心のどこかでなにもない自分に嫌気がさしていたのも事実だ。

そんな時に現れたのが、雪下さんだ。変らない毎日の中で、雪下さんに話しかけることが楽しくて仕方がない。冷たい態度を取られ避けられ落ち込んでも、明日こそはと頑張っている自分に驚きだ。これまで適当に過ごしていた学校生活が、今は本気で楽しいと思える。

その情熱を別のものに向けろと言われても、多分無理だろうな。恋愛がどうとかではなく、恐らく一人の人間として俺は雪下さんを知りたいと思っているから。

あからさまに避けられているのになぜそう思ってしまうのか自分でも分からないが、その理由を考えている時間も嫌じゃないし、むしろその答えを探すことが楽しいとさえ思える。こうして空っぽな心の隙間が少しずつ埋まってきている気がするのは、勉強でも部活でも夢でもなんでもなく一人の転校生のお陰で、つまりは……一目惚《ひとめぼ》れということになるのだろうか。まだなにも知らない彼女のことを好きかと言われたら、正直分からないが……。

「美琴と喋った？」

三駅目に着くと、電車の揺れに合わせて俺の体が一瞬ビクッと震えた。すぐに答えられずに目線を上に向けると、ドアが閉まって再び電車が走り出す。

「まぁ、挨拶程度は」

俺の返答に対して、理紗は口を尖《とが》らせながら無言で見つめてくる。今の言葉が不満だったのだろうか、それともなにか勘付いたのか、つり革を掴む手が汗ばむ。

「なんだよ、なにか言いたそうだけど」

自分からそう聞くと、理紗は「なんでもない」と言って目を伏せ、それ以上なにも聞いてこなかった。もしかしたら理紗は気付いているのかもしれないな。俺の態度に大和も速攻で気付いたのだから、理紗もきっとなにか感じているのだろう。

窓の外に視線を移すと、見慣れたビルが現れた。ボウリング場やゲームセンターやカラオケなどが入っている施設で、俺も何度も行ったことがある。雪下さんもゲームとかするのだろうか。誘ったところを想像すると、悩む間もなく首を横に振っている雪下さんが浮かんだ。

地元まであと一駅というところで理紗が顔を上げ、鞄の中から取り出したスマホを眺めている。

「ねぇ」

スマホを見つめながら理紗が口を開いた。俺に言っているんだろう。

「ん?」

「明日、一緒に学校行かない?」

「……は?」

「だから、明日朝一緒に行こう」

「なんで?」

そう思うのは当然だ。高校に入学してから一度もそんなことを言われた覚えはない。いつも俺よりも理紗の方が先に学校に着いているし、子供じゃないのだからわざわざ待ち合わせをして行く必要もない。理紗もそう思っているからこそ今までなにも言ってこなかったのだろう。

「なんでって、別に理由はないけど……」

「合わせるのも面倒だし、別にいい」

「いいから! 明日の朝、彰の家まで行く。決定ね」

強めの口調で一方的にそう言い、理紗は立ち上がった。駅に着くと、理紗はさっさとホームの階段を下りて行ってしまった。明日の朝は一緒に行くと言ったくせに今は俺を置いて一人で帰っているし、わけが分からない。本当に明日迎えに来るつもりなのか?

首を傾げながらのんびりと階段を下りると、既に理紗の姿は見当たらなかった。

改札を出て空を仰ぐと、薄墨色の雲が一面に広がっている。今にも雨、もしくは雪が降り出しそうだ。コートは重くて邪魔くさいから学校にはまだ着て行ってなかったが、明日は着るかな。ブレザーのポケットに手を入れて、家まで十分の道のりを歩き出した。

翌日。

「来年はもう三年生なのに、どうするかちゃんと考えなさいよ！」

「はいはい……」

パンを半分食べたところで席を立った俺はリビングを出て歯を磨き、二階にある自分の部屋で支度を始めた。朝からキンキンと頭に響く母親の声を聞くのは怠い。兄と違って出来の悪い俺のことなんかとっくに諦めているくせに、一応心配はするんだな。

どうするか……か、どうするかな。大学への進学が一般的なのだろうが、本当にそれでいいのか悩む。金もかかる上に大学に行ったからといって将来安泰という世の中ではない。しかも今の俺の頭で行ける大学などたかが知れている。専門学校で学びたいことも特にないし、就職して自立するのが一番なのか……。

あ、そういえば冬休み前に配られた進路調査のプリント、今日書いて絶対提出しろと昨日担任に言われたんだった。出してないのは俺だけだとか言っていたな。最近は雪下さんのことばかり考えていたから、俺の頭はどこか抜けている。

着替えを終えた後、プリントを取り出そうと鞄の中を探ったが見当たらない。準備したものを全部出してみたが、それでもない。確か鞄の中に入れっぱなしだったと思うが、俺の勘違いか？

「時間じゃないの？」

下から母親の声が聞こえてきた。時計を確認すると、いつも家を出る時間の二分前になっていた。ヤバいな、今日忘れたらさすがに親に電話がいってしまいそうだ。それだけは避けたい。

もう一度入念に鞄や部屋の中を探していると、ふと思い出した。そういえば、理紗の奴どうしたんだろう。家まで来るとか言ってたわりには遅くないか？

時間を気にしながら探していると、しばらくしてインターホンが鳴った。理紗だろう。一緒に行くというのはやはり冗談ではなかったらしいが、今俺はそれどころではない。

玄関に行くと、鞄を持っていないしネクタイも閉めていない俺を見て目を細めた理紗。

「悪いんだけど、先行ってて」

「え？　なんでよ」

あまり大きな声を出すなと言わんばかりに身を縮めて理紗に近づく。

「出さなきゃいけないプリントが見当たらなくて探してんだ」

「あー、あれね。ないの？」

俺のことだから出していなくても不思議じゃないのだろう。まだ出していないのかと突っ込むこともなく聞いてきた理紗を見て、俺は頭を掻《か》きながら頷いた。

「なにやってるの？」

リビングから母親の声が聞こえてきたが、俺は冷静を装って「なんでもねぇよ」と答える。母親にばれて進路のことをあれこれ口出しされるのは面倒だ。

「探してから行くから」

理紗は腕を組んで一度俯いた後、顔を上げて言った。

「じゃあ遅刻決定ってことね？」

「あー、まぁそうなるな。どうせ皆勤賞はなくなったし」

「そっか、そうだったね……。分かった、先に行く」

「うん、悪いな」

理紗が行った後もう一度探してみるも、やはり見つからない。絶対に鞄の中に入っていたはずだ、というかそもそも一度も鞄から出していないのだからそれしか考えられない。

俺を呼ぶ母親の声が何度も聞こえてきたが、それを無視して探し続けるも結局見つからなかった。引き出しは開けっ放しでベッドの上には漫画や本が散乱している。泥棒にでも入られたかのような状態の部屋を見て、俺はため息をついた。「早く行きなさい」という呆れたような母親の声を背に、担任になんて言おうか考えながら憂鬱《ゆううつ》な気持ちを抱えたまま家を出た。

駅までは大通りに出ると一本道だが、少しでも時間を短縮したい俺は決まって裏道を使う。家を出ると緩い下り坂があり、そこを下りずに右に行くと大通りだが、このまま坂道を下る。下りきった所を右に行くと狭い路地に入り、最初の交差点を左に行き一方通行の道を真っ直ぐ行けば駅に着く。大通りまで出るよりも三分ほど時間が短縮出来る。たかが三分だが、人が多い通りを行くよりもずっと良い。

プリントのことを頭の片隅に置きながら一方通行の道に差しかかった時、狭い道にパトカーが止まっているのが見えた。野次馬なのか、人も結構集まっている。

いつもの道はどうやら通行止めになっているようだ。背伸びをして人の頭上から先を覗《のぞ》くと、一台の白い軽自動車が思い切り電信柱にぶつかっていた。バンパーが潰れている。

事故を起こした車を目の前で見るのは初めてだったので気になったが、今の俺にはそれよりも気になることがあるため、足早にその場を去った。

結局そこから大通りまで出て駅に行き、電車に乗り込んだ。いつもより二十分も遅れての乗車だから遅刻はこの際仕方がないが、プリント……。ここから学校までの間に言い訳を考えないとな。

大勢の生徒がいるはずなのに授業中の廊下はとても静かで、まるで誰もいない校舎にいるかのような気持ちになる。上手《うま》い言い訳は思い付かなかった。素直になくしたと言うしかない。

教室に入ると、全員が振り返って俺を見た。いや、全員ではないか。雪下さんは前を向いたままだ。「寝坊しました」と単純な嘘をついて席に着くと、大和が振り返った。

「なに、寝坊？」

「いや、ちょっと探し物してて……」

そう言いながら何げなく机の中に手を入れると、紙の感触が伝わってきた。ハッとして取り出すと、探し求めていたものが俺の手に握られている。今朝必死に探していたプリントだ。鞄に入っていると思ったが、勘違いだったか。思い込みって怖いな。

一気に力が抜けた俺は、がくりと机の上に頭をのせた。右側を向くと、真剣にノートを取っている雪下さんの横顔がすぐ側にある。よく遅刻をする奴だと思われていないだろうか。遅刻したのはこの前の時と合わせて二回目で、それまでは無遅刻無欠席だったんだと言いたくなる。でもそんなこと、雪下さんにとってはどうでもいい情報だ。きっと今日俺が遅刻したことだって、気にも留めていないだろう。

軽くため息を漏らして顔を左側の窓に向き直した。なんだか自分が情けなくなる。俺はどうしたらいいのだろうか。なにか一つでも誇れるものが自分にあればいいのに、なにもない。頑張っても無理だと諦めてなにもしてこなかった自分が悪いのだが、頑張りたいと思えることが見つからなかったのも事実だ。ため息をついた俺は、机の上にあるプリントに『就職』とだけ書き込んだ。

進路のことを考えると憂鬱になるから、もうやめよう。それよりも今俺が考えるべきことは、雪下さんとどうしたら仲良くなれるかだ。いや、仲良くじゃなくてもいい。まずはどうしたら俺を他のクラスメイトと同じように見てもらえるかを考えよう。なんて話しかけようか、なるべく答えやすい話がいいのかもな……。

雪下さんのことばかり考えていると、チャイムが鳴った。遅刻してきたからか、いつもより終わるのが早い。

「で、結局見つかったの？」

先生が教室を出た後、廊下側に座っていた理紗が俺の席までやって来た。

「あぁ。鞄に入れっぱなしだと思ってたら、机の中にあった」

「そっか、見つかったなら良かったけど……。そうだ、ねぇ美琴」

振り返った理紗が雪下さんの机に手を置いた。

「美琴も進路調査って書いたの？」

理紗の顔を見上げている雪下さんは、「ううん」と首を振りながら小さな声で答える。まだ転校して来たばかりだから書かないのかもしれない。

「彰はなんて書いたの？」

「えっ？」

「進路だよ」

話しかけてきたのは理紗なのに、俺は雪下さんの様子をうかがいながら口を開いた。

「一応就職って書いたけど、まだ……決まってない」

雪下さんは次の授業の準備をしている。俺の声は聞こえているはずだが、興味ないのだろう。会話に入ってくる気配は全くない。

「就職かー。そうだ、ねぇ美琴、彰ってどんなふうに見える？」

突然理紗が雪下さんに俺の話を振った。予想していなかった展開に、心臓の鼓動が激しくなっていく。今話しかけたのは俺ではないのだから、雪下さんはちゃんと答えるだろう。でもその答えは俺に対する答えでもあるわけで……。

「えっ……どんなふうって……」

「印象だよ。どう思った？」

困ったように俯き、両手を胸の前で握った雪下さん。そんな質問、困るに決まっている。雪下さんはなんらかの理由があって俺のことをあまり良く思っていないのは確かだし、目も合わせたくない相手に対して印象を聞かれても困るだろう。でも、聞いてみたい。雪下さんが俺をどう思っているのか、それがたとえ大きなショックを受ける内容だったとしても。

冷静を装いながら心臓は爆発寸前の俺が拳を握り締めると、雪下さんが一言呟いた。

「普通の……人、かな……」

雪下さんの言葉に、理紗は両手を叩いて笑っている。だけれど俺は、嬉しかった。普通の人なんて言われて喜ぶ奴はいないのかもしれないが、俺は嬉しい。見えていないと思っていた雪下さんの目に、普通の人としてちゃんと俺が映っていたということだから。思わず頬も緩んでしまうほどだ。

「なにニヤついてんの？　普通って言われてんだよ？」

「うるせーな、分かってるよ。いいんだよ、普通で」

普通でいい。雪下さんの世界の片隅にいられれば、普通だって俺には褒め言葉だ。

「ほんと彰には普通って言葉がベストマッチだよね。どこにでもいる感じだし誰に対しても普通の態度で、ある意味羨ましいわ」

「確かに自分でもそう思うけど、普通普通言い過ぎだろ」

「だってその通りじゃん。まーこんな普通の彰だけどさ、なにも考えてないところがいいところっていうか。だから美琴も仲良くしてあげてね」

視線の先にいる雪下さんが小さく頷いた。理紗に言われたから仕方なく頷いたのかもしれない。でもこんな些細《ささい》なことが、たまらなく嬉しい。

チャイムが鳴ると、理紗は自分の席に戻って行った。ざわついている教室の中で、俺は雪下さんの方に体を向けた。

「あのさ俺、ほんとなにもないし雪下さんの言う通り普通だけど……でも、雪下さんと友達になりたいんだ」

雪下さんは俯いたまま、なにも言わなかった。それでいい。声が震えていたかもしれないし、前の席にいる大和に聞こえてしまったかもしれないが、そんなことはどうでもいいんだ。たとえ雪下さんが俺を良く思っていなかったとしても、俺は雪下さんを知りたい。ただ、知りたいだけだから。

その日から、俺は今まで以上に雪下さんに話しかけた。それでもやっぱり雪下さんの態度は今までと変わらず、俺にだけ冷たい。そんな中でも俺はくじけなかった。心も折れなかった。諦めることも考えなかった。ただひたすら一方的に話しかける毎日を続けて、気付けば一月が終ろうとしていた。

会話のキャッチボールが出来ないことにも慣れてきたことだし、逆に思い切ってどこかに誘ってみようか。自分の部屋のベッドに仰向けになりながら考えていると、スマホが鳴った。メールの着信音だ。普段あまりメールはしないから珍しい。

どうせ迷惑メールかなんかだろう。そう思いながらメールを見ると、差出人の欄にはメールアドレスが表示されていた。つまり連絡先に登録されていないアドレスということだから、やっぱり迷惑メールに違いない。スクロールして本文を見ると、こう書かれていた。

【球技大会、絶対バスケに出てほしい。】

「は？」

一人きりの部屋の中で、思わず声が出てしまった。球技大会？　少し考えた後、机の横に貼られている学校の年間行事の紙に目を向けると、二月の予定には球技大会と書かれていた。

「球技大会ってこれのことか？」

独り言を呟きながらもう一度メールを読む。迷惑メールだったら絶対に返信しない方がいい。でも球技大会って、学校のことだよな？　文面からして迷惑メールって感じでもないし……。

悩んだ挙げ句、俺は返信をした。

【誰？】

当然の疑問だった。けれどそんな俺の疑問に対して、結局返信が来ることはなかった。

翌日学校に行くと、朝のホームルームで担任がこう言い出した。

「球技大会に出る種目を決めるぞ」

昨日のメールはやはりクラスの誰かなのだろうか。今日球技大会のことを決めるというのを知っていたのか？　俺にバスケに出てほしいというのはなぜなのだろう。俺のことを密《ひそ》かに想ってくれている女子が、俺がバスケをやるところを見たくて……なんてことはあるはずないか。だったらなんだ？　やっぱりただの悪戯《いたずら》なのか……。

机に肘をつき首を傾げながら考えていると、

「出たい種目に手挙げろよー。じゃあ男子からな」

担任がそう言って黒板にバスケットボールとサッカーの文字を書いた。

「バスケットボールに出たい人」

よく分からないまま、俺は手を挙げた。本当はサッカーに出るつもりだった。なぜならうちにはサッカー部のエースである大和がいるからだ。つまり、俺はなにもしなくても邪魔さえしなければ勝てるだろうし楽だから。でも昨日のメールがずっと頭にチラついていて、ついバスケという言葉に反応して手を挙げてしまった。

バスケは苦手だし五人しかコートに出ないから、ミスしたら目立つな。かっこ悪いところを雪下さんに見られたくないが、まぁ……心配しなくても俺のことは見ないだろう。

「お前バスケに出るの？　彰のことだから、人数多いサッカーでいいやって言うかと思ったけど」

くるりと振り返った大和。まさにその通りなのだが、メールのことを言うと誰かが俺を好きなんだとか変に誤解されそうだからやめておこう。

「まー、なんとなくな」

結局、出場種目はきっちり人数が分かれたお陰で男子も女子もすんなりと決まった。

雪下さんは手を挙げていなかったから、見学ということだろう。

机の上に鞄を置き、その陰に隠すようにして昨日のメールをもう一度確認した。

【球技大会、絶対バスケに出てほしい。】

これはいったいなんだったのだろうか……。


その日の昼休み、俺は自分の机で弁当を食べていた。いつもは大和も自分の席で弁当かパンを食べているのだが、先輩に呼ばれたとかなんとか言って教室を出たきり、戻って来ない。後十分で昼休みが終わってしまうけれど、あいつは食べたんだろうか。

別に心配しているわけではないが、もしなにも食べていなくて授業中に大和のお腹《なか》がグーグー鳴り出したら気が散る。ただそれだけだ。

話す相手がいないからか、いつもより早く弁当を食べ終えた俺は、廊下に出た。

先輩というのはサッカー部の先輩か？　渡り廊下を通って三年の廊下を歩いてみたけれど、大和は見当たらなかった。となると後は、部室？

部活をやっていない俺が部室に行くということはまずない。そもそも部室は体育館の裏側にあって校舎からは少し離れた所にあるため、用がない限り放課後以外ほとんど人は通らない。

上履きのまま校舎を出て体育館に行くと、その脇にある細い道を通った。葉を落とした木々を横目に歩き、体育館に沿って角を左に曲がると部室がある。けれど俺は、そこで立ち止まった。声が聞こえたからだ。体を壁に付けて耳を澄ます。

「なめてんのか！」

突然聞こえた怒鳴り声に驚いた。大和に向けた言葉なのだろうが、なにか大和が先輩にキレられるようなことをしたのか？　高校からの付き合いだけれど、大和が誰かに憎まれたり嫌われたりといった話は一切聞いたことがない。むしろ男女問わずに慕われている方だと思うが……。

壁からチラッと覗いてみると、体格のいい先輩が大和の胸倉を掴んでいた。前に大和から聞いたことがある。練習にあまり来ない先輩が試合にだけ出たいと言うから困ると。あの人のことだろうか。

「もうすぐ卒業だからな、その前に溜まってたもん吐き出させてもらうからな」

なにも考えなかった。気付いたらただ体が勝手に動いていて、先輩の言葉を聞いた瞬間隠れていた壁から身を出し、そしてまた、なにも考えずに口が勝手に開いた。

「なにやってんすか!?」

　俺がそう言うと先輩は振り返り、胸倉を掴まれた大和は俺に視線を向けた。大和は目を丸くして口を開き、イケメンが台無しになるほど間抜けな表情で唖然《あぜん》としている。

だよな。俺なんてピンチの場面で現れるような男ではないから、驚くのも当然だ。

こんな場面に居合わせて、しかも止めに入ろうとしていることに自分でも驚いている。

「あ、彰?」

　その大和の驚いた顔を今すぐ写真に撮りたいとのん気なことを思った矢先、先輩は大和の胸倉を掴んでいる手を離し、俺に近づいてきた。よく見ると、大和の左目の横が少し赤くなっているような気がした。

「なんだお前」

　ここでようやく俺は、ヤバいと悟った。何事も普通の俺の人生でこんなトラブルに巻き込まれたことは一度もないからか、正直足が少し震える。けれど大和は一応友達だし、というか、唯一友達だと言える存在かもしれない。俺みたいなつまらない奴と飽きずに一緒にいてくれるのは、大和くらいなものだ。もう殴られるのを覚悟するしかない。一人で殴られるよりも二人で殴られた方が痛みはきっと半分になるなどと、わけの分からない計算をしてグッと拳を握り締める。

「邪魔すんなよ!!」

そう言って今度は、俺の胸倉を掴んでグイッと持ち上げた。絶対殴られる、この体勢で殴られないわけがない。覚悟を決めた俺は歯を喰《く》いしばった。そして鈍い音が耳元に響くのと同時に、左の頬に激しい痛みが走る。

「彰！」

その場に倒れ込んだ俺に、大和が駆け寄って来た。喧嘩《けんか》とか俺には一生縁がないことだと思っていたけれど、殴られるってこんな感じなのか。一瞬の痛みよりも後からジンジンと伝わる痛みの方が大きい。

「彰は関係ないだろ！」

二人の間になにがあったか知らないが、このまま殴られ続けたらさすがにキツイな。ここは一つ話し合いで……なんて素直に聞いてくれるわけないか。

「うるせー！　これで終わりじゃねーぞ！」

先輩が再び大和の腕を掴んで立たせた。マズいな。そう思った時、「なにやってんだ」というしゃがれた低い声が後方から聞こえてきた。

「お前らこんな所でなにやってんだ」

一年の時の担任だった英語の教師が眉をひそめて近づいて来る。柔道部の顧問でもある先生は体が大きく、側にいる先輩が小さく見えるほどだ。彫りが深く顔も迫力満点。見た目は強面《こわもて》だけれど、生徒の話をきちんと聞いてくれる結構良い先生だ。

「いや、別に……」

さっきまでの気迫はどこへやら、急に声が小さくなった先輩。

「部活の今後のことでちょっと意見が割れてしまって、少し言い争いになっただけです」

先生の視線は大和の赤くなっている左目辺りに向いていたが、大和は爽やかな笑顔を浮かべながら先生にそう言った。驚いて大和の方を見ると、これまでに見た中で一番の笑顔を俺に向けてきた。

「そうか、ならいいが……五時限目始まるからさっさと戻れよ。お前はちょっと来い」

先輩の腕を掴んだまま、先生はその場を後にした。

「もしかして、助けようとしてくれたのか？」

教室に向かって歩きながら大和が聞いてきた。顔がだいぶニヤついている。

「は～？　別に助けてねぇし」

俺がそう言うと、クスクスと笑っている大和。今更ながら、友達を助けるとか恥ずかしいことをしてしまったなと思った。

「まさか彰があんなことするなんてな」

「なんも考えずに気付いたら動いてただけだ。助けようとかそんな気合入れたわけじゃねぇよ」

「そっか、彰らしいな。でもさ、ありがとな」

前を向いたまま、俺は「おう」とだけ答えた。感謝されるようなことはしていないからか、余計に恥ずかしい。

「彰ってほんと、なにも考えてないよな。あそこで先生が来なかったらお前もボコボコだったたかもしれないのに」

「うるせーよ」

「でもさ、考えてないところが彰の良いところだと思うぞ」

「は?」

「本能っつーか、考える間もなく俺を助けようと瞬時に思ったってことだろ。なにも考えずに取った行動が、時に誰かを救うことだってあるし。現に俺は今助けられたしな」

「そんなんじゃねーって。そんなことより、なんで先生に本当のこと言わなかったんだよ」

二年の廊下に差しかかった時、ちょうどチャイムが鳴って少しだけ歩く速度を上げた。

「もうすぐ先輩も卒業だしな、別にわざわざことを大きくする必要ないし」

大和はきっと、卒業間近の先輩のことを考えたのだろう。進学するのか就職するのか知らないが、問題になって将来に響いたらと心配したのかもしれない。自分を殴った先輩のことを考えるなんてな。

俺だったら、これ以上面倒なことに巻き込まれたくないという理由で先生には言わなかったと思う。同じ言わないにしても理由が全然違うな。そういうところも、やっぱり大和はイケメンだ。

「しかし、先生が通りかかってほんとラッキーだったよな」

「確かにそうだな」

部活の時以外は誰も近づかないような場所なのに、大和の言う通り偶然先生が来てくれたことはラッキー以外のなにものでもない。

教室に入り席に座ると、普段通りに授業が始まった。まだ少し違和感のある左頬に手を当てながら授業を聞いていると、なんとなく視線を感じた。チラッと右に目を向けると、雪下さんと目が合う。俺が見ることはあっても、雪下さんが俺を見るなんて今まで一度もなかったことだ。初めてのことに動揺しつつ、この機会を逃したくないと思った俺は口を開いた。

「どうしたの？」

小声で言うと、雪下さんはそれでも視線を逸らさない。こんなに真っ直ぐ見つめられたのは初めてで、心臓がやたらと煩いし顔も熱い。黙ったまま見つめるその綺麗な瞳に、今にも吸い込まれてしまいそうだ。ドクドクと異様なほど心臓が轟《とどろ》く。

「それ……」

「え？」

「それ、どうしたの？」

机の上に置いた雪下さんの手が、俺の顔辺りを指差している。

「それって？」

「ほっぺ……赤い気がするけど……」

鏡を見ていないから分からなかったけれど、赤くなっていたのか。俺は頬に当てている自分の手を離し、窓の方を向いた。窓ガラスでは頬の赤みまでは映らず、ハッキリ分からなかった。

「赤くなってる？」

「……うん」

「ちょっと昼休み色々あってね」

「色々って……」

「あー、えっと、ここだけの話、人生で初めて人に殴られたんだ。でもここに一発だけだから大丈夫だけど」

赤くなっているという左頬を指差しながら言った。

「一発だけ……」

まるで独り言のように呟き、俺から視線を逸らした雪下さん。その瞬間、魔法が解けたかのように一気に現実に引き戻された俺は、顔が引きつり息が詰まって上手く呼吸が出来ない。

もう一度右を見ると、雪下さんはいつも通り前を向いて授業を聞いている。

今……普通に喋ってなかったか？　俺、今雪下さんと喋ったよな？　思わず大和の肩を叩き、そう聞きたくなった。

なんで、どうして、そう考えても全く頭が働かない。今まで挨拶すらまともに返してくれず、話しかけても素っ気なく、それどころか目も合わせてくれなかった。二人で話し合う授業でさえ、俺が一方的に喋っただけだ。それなのに、どうして突然……。

何度も深呼吸をしてみたが、心の動揺は全く治まってくれない。この胸の高鳴りは会話をしたことへの驚きというよりも、嬉しさからくるものだ。なにか心境の変化でもあったのか、それとも俺の存在に慣れてきたのかその理由は分からない。ハッキリと分かるのは、思いがけず突然交わした雪下さんとの短い会話に驚喜している自分だけだ。

この気持ちは……恋、なのだろうか。

君の涙

テスト前のこの日、大和に誘われて俺は図書館に来ていた。駅の近くに図書館があることは知っていたが、入るのは初めてだ。子供の頃は地元の図書館でよく本を借りていたが、図書館で勉強をしたという経験は一度もない。

南口から駅の中を通り反対側の北口へ出ると、そこには大きな公園がある。緑が生い茂る公園の真ん中には大きな池があり、池の周囲をランニングしている人もチラホラいて、子供達が遊ぶアスレチックのようなエリアや春になると桜祭りが開催される広場、ボールを使って遊べるグラウンドまである。ここで行われる桜祭りは結構有名なのだが、俺は一度も行ったことがない。

公園のすぐ横に建っている茶色い煉瓦《れんが》造りの建物が図書館。見上げると、建物上部の真ん中にある大きな時計盤がちょうど十五時になったタイミングで開き、穏やかなメロディーと共に金色のなにかがクルクルと回り始めた。ここからではなにが回っているのかはよく見えない。

中に入ると右側には螺旋《らせん》階段、左側に本の貸し出しなどをする受付があった。大和の後に着いて螺旋階段を上り、両側にずらりと並んだ本棚の間を通って奥に行くと、横長のテーブルが幾つも並んでいるスペースがあり、座っている人が何人もいる。両サイドの壁には窓もある。段々と日が落ちてくるこの時間、左側の窓のカーテンは全て閉められていた。

「ここでいっか」

大和がそう言うと、俺達は一番奥のテーブルの通路に近い場所に向かい合う形で座った。話し声はほとんど聞こえない代わりに、本を捲《めく》る音があちらこちらから聞こえてくる。この静けさがなんとも言えない緊張感を醸し出す。

出来るだけ音を立てないようにと、鞄からゆっくりとノートと教科書を取り出す。

「別にそんなに気にしなくても大丈夫だぞ」

机にノートを置き、ペンケースを開けながら大和が言った。

「んなこと言ったって、音立てたら一斉にこっち向いて『シー！』とか言われちゃうんだろ？」

俺にとっては図書館で勉強すると言ったら、そんなイメージだ。

「いや、ドラマじゃないんだから言わないと思うけど。他の人達も小声で喋りながら勉強してたりするし、大きな声とか音を立てなければずっと無言でいなくても平気だから」

「そっか。つーか、大和はよくここに来るのか？」

それでも周りが気になって極力小声で話そうとしてしまうのは、図書館という空間がそうさせるのかもしれない。

「いや、実はこの図書館には一年の時に一回来たきりで、いつもは地元の図書館に行ってるんだ。今日は理紗に言われたから」

「理紗に？」

「彰が勉強しないから図書館にでも連れてってやれって。俺と彰だと地元違うし、この図書館の方が行きやすいだろ？」

「まーそうだけど、また理紗のお節介が出たな」

「心配してんだろ、幼馴染みなんだし。でも図書館は集中出来るからいいと思うぞ」

「ふーん」

　図書館で勉強なんて考えたこともなかったが、頭の良い大和が言うのだから間違いないのだろう。実際こうして座ってみると、将来のことをやたらと煩《うるさ》く言う親を気にしながら家で勉強するよりも、断然はかどるような気がする。今度からは俺もテスト前は図書館で勉強するかな。

　しばらく無言で勉強していると、大和がノートを閉じた。それに気付いた俺は顔を上げ、館内にある時計に目を向けた。いつの間にか一時間半が過ぎている。

「ちょっと休憩」

声を出さずに軽く伸びをした大和、つられて俺も両腕を前に伸ばした。

「なー彰、聞いていいか？」

聞いていいかなどといちいち確認するのは珍しく、なにを聞かれるのか察しがついた。

「なんだよ」

「どうなんだ、雪下さんのこと」

思った通りだ。俺の前の席に座っている大和には、先日の雪下さんとの会話も聞こえていたのだろう。自分では分からないが、もしかしたら俺の声色もいつもと少し違っていたのかもしれない。

「どうって？」

「好きなんだろ？」

そうストレートに聞かれると、答えに悩む。好きじゃないと言ったら嘘になるが、好きなのかと言われたらハッキリ頷くことは出来ない。でも最初に雪下さんを見た瞬間から気になっていて、それは見た目がどうこうというわけではなく、時々見せる儚げな表情や俺をあからさまに避ける態度も、他のクラスメイトにとっては普通の転校生なのだろうけれど、俺にとっては彼女の全てがどこか不思議な気がして、知りたいと思ったのは事実だ。

雪下さんに会って雪下さんに話しかけることが、変わらない日常の中で唯一俺に訪れた変化だと言えるだろう。けれどあれだけ俺に冷たくしている雪下さんのことがなぜこうも気になるのか、正直分からない。好きなのかもしれない、恋なのかもと考えたこともあったが、でも……。

「さぁ、分かんねーよ」

「自分のことだろ？　好きかどうかくらい分かるだろ」

「本当に分からないんだ。だってよ、まともに喋ったのは一回だけだし、それも短い会話だった。雪下さんのことなにも知らねぇし、性格も分かんないんだぞ？　それで好きになることなんて……」

「あるだろ」

「は？」

「なんか分かんないけど好きになるってこともあると思うけど。ただなんとなく気になるとか、まだ知らないけどこれから知っていきたいとか、そういうのも好きってことじゃねぇの？」

俺よりもはるかに恋愛経験豊富であろう大和に言われると、妙に説得力がある。気になる、仲良くなりたい、この想いはつまり好きということなのだろうか。

「もし仮にそうだとしても、雪下さんは俺のこと良く思ってないみたいだしな」

ため息交じりに呟き窓の方を見ると、カーテンの隙間から夕日が僅かに差し込んでいた。

「そうかな～？　俺には逆に見えるけど」

「逆ってなんだよ」

「雪下さんが転校して来てから俺なりに彼女のことを見てきたけどさ、確かに彰にだけ態度が違うけど、それってつまりこういう考え方も出来る」

「まどろっこしいな、ハッキリ言えよ」

「だから……」

するると大和は、少しだけ身を乗り出して俺に近づいた。俺も同じように顔を前に傾ける。

「雪下さんにとって、彰だけが……特別ってことだ」

「はっ!?」

思わず声を上げてしまい、咄嗟《とっさ》に口元を押さえて周囲に頭を下げる。

特別？　俺が？　また突拍子もないことを言い出しやがって。そんなわけ……。

「そんなわけないだろ！」

小声で必死にそう伝えると、大和は言ってやったと言わんばかりに満足そうな笑みを浮かべている。

そんなバカなことあるか。他のクラスメイトとは楽しく話をするのに、俺が話しかけても目を合わせず声も出さない。雪下さんが転校して来てから一ヶ月が過ぎたというのに、その態度は一向に変わらない。それが、特別だからだと？

いやいや、有り得ない。もし万が一そうだとしても、その特別がどういう意味なのか説明がつかないだろ。ニヤついている大和に、俺はフッと微笑《ほほえ》み返した。

「あのなー大和、それはいくらなんでも妄想が過ぎるぞ。だって考えてみろよ、俺だぞ？　なんの取り柄もないごくごく平凡で毎日適当に生きて、大和みたいにイケメンでも夢があるわけでもない。本気で夢中になれることはなに一つない、つまんねぇ十七歳だ。まともに話してもいないのに特別なんて都合が良過ぎる」

喋っているうちに、俺は今までなにをしてきたのだと虚しい気持ちになってきた。

小学生の頃の夢はお医者さんになること、だったな。今更思い出しても遅いけれど、もしもっと頑張っていたら違う自分になれたのかもしれない。もし、中学も高校も悔いなく精一杯過ごしていたら、もっと楽しかったのかな。でも今更頑張ったところで、残り一年の高校生活で変われるとは思えない。

「あるじゃん」

沈みきっている俺の心情とは正反対に、大和は快活そうな声で言った。

「あるじゃん、夢中になれるもの」

「なんもねーよ」

「俺にとって夢中になれるものはサッカーだけどさ、お前にとってはそれが……雪下さんじゃないのか？」

「えっ……」

「な？　あるだろ？　別になんだっていいじゃん。今まではなにもなかったのかもしんないけど、今は雪下さんが気になって雪下さんになら冷たくされても頑張れる、仲良くなりたいって思うんだろ？　それだけでなにか見えてくるかもしれないし。具体的なことは言えないし前にも話したけどさ、ほんの些細なキッカケで大きく変わることもあると思うけどな」

俺にとっては……雪下さんが……。

「とりあえず、後少し勉強して帰るか」

「……あぁ」

それから俺達は一時間ほど経過した十八時頃に図書館を後にしたが、勉強はあまり進まなかった。

大和の言ったことは、なに一つ間違っていない。明日からの俺がなにをするのかと考えた時、やっぱり最初に浮かぶのは雪下さんの顔だったから。明日も雪下さんに話しかけよう、短くてもいいからまた目を見て会話がしたい。そう強く思ってしまう。

こんな俺でも頑張れば、なにかが変わるのだろうか……。

図書館での勉強のお陰なのかは分からないが、いつもより良く出来たテストも無事終わり、その後に行われた球技大会も無事終了した。バスケで活躍したかと言われたら当然していないし、雪下さんも俺が出ていたバスケは見に来ていなかったが、それでも自分なりに頑張ったと思う。

雪下さんが見ていなくても、頭に雪下さんの姿が浮かんだ瞬間、頑張ってみようと思えたからだ。下手は下手なりに、精一杯やった。結果的に試合には負けてしまったが、初めて学校の行事で頑張ったからか、終わった後はなんとなく清々《すがすが》しい気持ちになれた。サッカーはというと、予想通り大和の活躍もあって優勝することが出来た。

そういえば、今年のバレンタインも俺は理紗からの義理チョコ一つのみだったな。大和も今年は一つしかもらっていないらしいが、それにはきちんとした理由がある。彼女からのチョコしか受け取らないと事前に言っていたからだ。といっても、チョコを渡したかったであろう女子達が直接大和の口から聞いたわけではないらしく、大和がそんな話をしていたのを誰かが聞き、その噂があっという間に広がったというわけ。

以前の俺ならもらえるものはもらっておけばいいのにと思っていただろうが、今は好きな人からもらえればそれでじゅうぶんだという大和の気持ちがよく分かる。

絶対にもらえないと分かっているのに、二月十四日はやたらと隣の席を気にしてソワソワしていた自分が情けない。案の定、チョコはもらえなかった。あたり前だ。二月も下旬になったが、相変わらず俺は雪下さんに対して毎日一方通行の会話を続けていたけれど、なんの進展もない。

今日は雪下さんが欠席していたため、一日がとても長く感じられた。冬の寒さもピーク続きだからか、風邪でも引いたのだろう。授業が終わり駅に向かって歩いていると、冷たい風が容赦なく吹き付けてくる。首に巻いた紺色のマフラーを鼻の辺りまで持ち上げて歩いた。

駅に着くと改札は通らず、そのまま駅の反対側に出た。家に帰っても特にすることはないし、あれから何度か行っているここの図書館が実は気に入ってしまった俺は、体を温めるのと同時に読書でもしようと思ったからだ。今はあまり本は読まなくなったが、小学生の頃は本が大好きで毎日読んでいたなんて言っても、誰も信じないだろうな。

歩きながらふと公園の方を向くと、青いベンチに座っている人のうしろ姿が目に入り、思わず立ち止まる。ベンチの横には一本だけ木が立っていた。

図書館に向いていた体を方向転換し、再び歩き出す。風に揺れる長い黒髪、近づく毎《ごと》に俺の心臓の鼓動は激しさを増す。

ベンチのうしろに着いた俺は、そのまま前に回った。座っていた彼女の視界に俺の足が映ったのか、彼女が俯いていた顔を上げる。

「よ、よぉ」

少し緊張しながらポケットに入れていた自分の右手を上げると、雪下さんは驚いた様子もなく、唇を噛《か》みながら再び俯いた。

「えっと、ここ、座っていい？」

隣を指差したが、雪下さんはなにも言わなかった。嫌だと言われたわけではないので、俺は人一人くらい入れるほどのスペースを空けて隣に座った。ベンチの冷たさが、制服のズボンを通して浸透してくる。

俺は小さく深呼吸をして、左に座っている雪下さんに視線を向けた。

「今日休みだったけど、風邪？」

少し間を置いて、雪下さんは首を横に振った。まぁそうだよな、風邪だったらこんな寒空の下にジッと座っているはずがない。

「こんな所でなにしてるの？　今日はいつもより冷えるから、風邪引いちゃうよ？」

なにも答えなかった。雪下さんは自分の体を包むように両腕を抱き、ただジッと地面を見つめている。

これまで沢山の質問を一方的にしたからか、もうなにを言ったらいいのか正直分からなかった。寒いねとか、明日も寒いのかなとか、もうすぐ三学期が終わるとか、三年になったら色々大変だとか、そんなどうでもいいことしか浮かばない。しかもそれらを俺が言ったとしても、彼女の声で言葉が返って来ることはきっとないだろう。

本当は一番聞きたいことがあるのに、俺はそれを口に出せずにいた。他のクラスメイトとは楽しそうに話すのに、どうして俺だけを避けるのか、どうして俺だけは見てくれないのかと。

ベンチの横に立っている一本の木を見上げると、枝の先が少しだけ膨らんでいた。桜の木だ。広場に行けば数えきれないほどの桜の木が立っているというのに、どうしてこの木だけがここにあるのだろうか。

「桜、今年はいつ頃咲くかな」

白い息と共に独り言のようにポツリと呟くと、突然雪下さんが顔を上げて俺を見つめた。唯一会話をしたあの日のように、俺から目を逸らさないその瞳に、一瞬息が止まったような感覚になる。

「あ、あの……そうだ、雪下さん、桜祭りって知ってる？」

この一瞬を逃したくないと思った俺は、雪下さんに向かって言った。

「三月下旬頃に毎年開催される結構有名なお祭りなんだけどさ、向こうの広場が満開の桜で一面ピンクになるんだ」

まるで何度も行ったことがあるかのような口振りだが、実際は一度も行ったことがない。もし雪下さんと一緒に行きたいと言ったら……考えなくても断られるのは目に見えている。でも……。

「あのさ、雪下さん。もしよければ、一緒に……」

「……っ、私！」

突然立ち上がり声を荒らげた雪下さん。俺は口を開けたまま、雪下さんを見上げた。

「私……ぬの」

「えっ、なに？」

久し振りに聞いた雪下さんの声だったけれど、よく聞き取れなかった俺は同じように立ち上がると……信じがたい言葉が俺の耳に届く。

「私ね……、死ぬの」

「……え、死ぬって……なに言ってんの？」

脳が揺さぶられ頭が真っ白になり、激しい動悸《どうき》が俺の心臓を襲う。

「死ぬの。どうせ死ぬの！　だから……」

俺は一度ゴクリと唾を飲み、震える手に力を込めた。

「だから、私に近づかないで！　話しかけないで！　お願い、お願いだから……笑いかけたりしないで！」

走り去る彼女の瞳から、大粒の涙が零《こぼ》れ落ちるのを見た。

誰もいなくなったベンチから蕾《つぼみ》の付いた桜の木を見上げ、そして空を仰いだ。風の冷たさを感じない代わりに、心臓を突き刺されたような衝撃が体中を駆け巡る。

俺は一人、ただそこで呆然《ぼうぜん》と立ち尽くすことしか出来なかった。

第二章　first time

その一言で

枕元に置いた目覚まし時計が朝の訪れを告《つ》げる前に、ベッドから体を起こした。薄い黄緑色のカーテンを開けると、部屋の壁が朝日の色に染まる。使い慣れたベッドにシンプルな勉強机、その横には白いキャビネット、クローゼットの前には段ボールが四つ置かれている。

「美琴、起きてる？」

「起きてるよ」

ドアの前から聞こえてきた母の声に答え、ゆっくりとした足取りで部屋を出た。

短い廊下の先にあるリビングでは、ワイシャツ姿の父がコーヒーを片手に新聞を読んでいる。リビングの横にある和室には、私の部屋と同様にまだ片付けられていない段ボールが幾つか積み重ねられていた。まだ慣れていないからか、自分の家だという実感があまり湧かない。

「おはよう、美琴」

「おはよう」

父に挨拶をしてダイニングに座ると、テーブルには食パンとコーンスープとサラダが並べられていて、私は背中を丸めながらコーンスープが入ったカップを両手で握った。

「大丈夫か？」

「なにが？」

「緊張してるんじゃないのか？」

「ううん、大丈夫」

新聞を置いてネクタイを締めている父に向かってそう返事をした。

「じゃあお父さん行ってくるから、頑張れよ」

「うん。行ってらっしゃい」

頑張れと言われても、なにを頑張ればいいのか分からない。散々頑張ってきたけれど、もう頑張っても仕方がないと諦めながら高校生活を送っていた。

そして三ヶ月前、そんな私に母は言った。

『病院の近くに、引っ越さない？　今みたいに電車で二時間かけて行くよりも、すぐ近くに病院があった方が安心だと思うの。そうすればお父さんも通勤時間が今より短くなるし。ただ、高校までは遠くなってしまうから転校することになるかもしれないけど……』

私は迷いなく『いいよ』と答えた。今の学校には友達と呼べる子はいないし、なんの未練もなかった。一人で病院へ向かう途中になにかあったらと、通院の度に私を心配していた母がそれで安心出来るなら、引っ越しも転校も構わないと思ったから。

それに、一から新しい場所で始められるならそれが一番いいと思った。最初から壁を作ってしまえば、きっと誰も私に近づかなくなる。中途半端に心配されたり気を使われることもない。その時が来るまで、一人でいた方がずっと楽だから。

さっき父には緊張していないと言ったけれど、やっぱり少し緊張しているのかも。パンもサラダも喉を通らない。スープだけ綺麗に飲み干した私は、学校へ行く準備を始めた。

前の学校の制服はブレザーもスカートも紺一色のシンプルな物で、紺のブレザーというのは同じだけれど、新しい学校の制服のスカートはチェック柄だし赤紫色のリボンは大きくて可愛い。この制服を見た時だけ、唯一少しテンションが上がった。それもすぐに見慣れてしまうか、もしくは見慣れる前に着られなくなってしまうかだろう。

準備を終えてリビングに戻ると、待ち構えていた母が新しい制服に身を包んでいる私を一通り確認した後、リボンの位置を少し整える。

「きっとすぐに新しい友達が出来るから。さ、行きましょう」

「うん」

母の言葉に唇を無理やり開き笑顔を作って頷いた。でもやっぱり、母は少しだけ心配そうな目をしている。

五階からエレベータで一階まで降り母と二人でマンションを出ると、目の前には煉瓦造りのお洒落な建物がある。なんの施設だろうと先日見に行ってみたら、そこが図書館だと分かりとても嬉しかった。静かな空間でなにも考えずに一人で本を読めるから、図書館は好きだ。

マンションと図書館の間の道を進むと、僅か二分ほどで駅に着く。けれど駅から電車に乗るというわけではなく、駅の中を突っ切って反対側の出口に出た。駅前は色々なお店やビルが並んでいるため人も交通量も多いけれど、大通りを渡ってしまえば割と静かな一本道に入る。この道を歩いて十分かからないくらいの距離に、新しい学校がある。

登校している生徒が多くいたので、私は俯きながら母の隣を歩いた。

「すぐに友達出来るから大丈夫」

「うん」

「なにかあったらすぐに言うのよ」

「うん」

「病院も通いやすくなったし、きっと大丈夫だから」

なにに対しての大丈夫なのか、母自身分かっていないのだと思う。けれど「大丈夫」

と言うことで、きっと気持ちを落ち着かせているんだろう。でも、大丈夫なんかじゃないんだ。自分のことは、自分が一番よく分かっているから。

なぜこんなことになってしまったのか、未だに分らない。どうして私がこんな目に遭《あ》わなければいけないんだと、何度心の中で叫んだだろう。何度泣いただろう。

あれは、夏の暑さと秋の風が入り混じる中学三年の九月だった。

体調を崩して中々熱が下がらなかった私は、母と一緒に病院に行き検査をしたけれどすぐには原因が分からず、紹介状を渡されて大きな病院で精密検査を受けるようにと言われた。そして後日大学病院に行き、広い病院内の色んな場所に移動させられて沢山の検査を受けた。

風邪が悪化しただけだと思っていたけれど、そうではないのだと気付くのに時間はかからなかった。なぜなら、検査を受ける毎に母の表情が変わっていき、平然としているようでも母の顔には悲痛な色が現れていたから。

結果……、私の体から腫瘍《しゅよう》が見つかった。場所的に今のままでは手術も不可能、通院して薬などの治療を続けていくしかないと。先生は言葉に出さなかったものの、説明を聞いているうちになんとなく理解した。いずれやってくるのは〝死〟だけで、治らない病気なのだということを。

涙を必死に堪《こら》えながら震える声で先生と話をしていた母の隣で、私は不思議なことにとても冷静だった。今思えば、この時はきっとまだ現実味がなかったのだと思う。どこか他人事《ひとごと》のように聞いていたのかもしれない。

　頑張って治療をしよう、絶対治るからと、家族三人で話し合って父がそう言ったけれど、この先どうなってしまうのか分からない私は、戸惑いながら『頑張る』としか言えなかった。

　その日から、私の生活は徐々に変わっていくことになる。学校の友達には病気のことは伏せていつも通り過ごしていたけれど、体調が優れない日が多くなり、学校も休みがちになった。更にその年の冬、入院のため二ヶ月学校を休んだ。

　そうなると、もうただの風邪では押し通せなくなってしまい、入院中に私の病気のことを先生がクラスメイトに話してくれた。本当は言いたくなかったけれど、心配して連絡をくれる友達に嘘をつくことが苦しくなってしまったから。

　私の病気を知ったら、今よりもっと友達に心配をかけてしまうかもしれない。毎日代わる代わるお見舞いに来て私の手を握って泣いて、逆に私がみんなを励ますことになるかもしれない。

　けれど友達を悲しませたくないと思う一方で、唯一この悲しみを忘れさせてくれることがあるとしたら、それは友達と繋《つな》がっていられることだと思った。私を思って悲しんでくれたり心配してくれたり、時々学校での出来事や恋愛話を聞かせてくれたり、病状が良くなるわけではないけれど、この寂しい病室の中でそうやって過ごせたら、私はきっと頑張れる。そう思っていたのに……現実は、私の想像とは全く違っていた。

私の病気がみんなに知れ渡ると、日を追うごとに友達からの連絡が減っていった。代わる代わるお見舞いに来てくれるどころか、友達が来た時のために常に冷蔵庫に入れていたお菓子をあげる機会は一度も訪れなかった。

クラスメイト達はあまりに深刻な病気の私にどんな顔をして会えばいいのか戸惑っていたのかもしれないと、頭では分かっていた。でもそれを受け入れるほどの余裕は私にはなくて、受験が控えているのに、病気の友達に構っている暇なんてない。そう言われているように思えた。毎日毎日、明日は誰かが来てくれるかもしれないと思いながら眠るのが辛《つら》くて、誰に文句を言えるわけでもなく、ただ一人で泣くことしか出来なかった。

入院中も病室で勉強をして、なんとか高校受験は合格することが出来たけれど、その合格になんの意味があるのかは分からなかった。

高校の入学式には出席出来ず、結局初めて高校へ行ったのは入学式から三週間も遅れてからだった。病状は少し落ち着いていたものの、それでも通院などで学校を休むことの多かった私には友達なんて一人も出来なかった。自分から友達を作ろうと頑張ってみても、結局は私が休んでいる間に友達との距離はいつの間にか広がってしまう。

腫れ物に触るかのようなよそよそしい態度を取られるのが辛くて、お弁当は毎日誰もいない非常階段の上で一人で食べた。

私はみんなと違うから。みんなと一緒にいても意味なんてない。友達なんかいらない。必要ない。

小さい頃から中学三年のあの日までどちらかと言えば明るい性格だった私は、病気が分かってから沢山泣いたりもしたけれど、気付けば泣くことも叫ぶことも忘れてしまった。昔の自分はもうどこにもいない。鏡に映る自分の冷えた氷のような瞳が、それを物語っていた。

門の前に着くと、母が私の背中に手を当てた。

「大丈夫?」

「うん」

いつかは分からないけれど、この先、想像出来ないほどの悲しみを与えてしまうであろう母には、出来るだけ心配をかけたくない。だから私は顔を上げて、微笑んだ。

お世辞にも綺麗とは言えない校舎に入ると、母と二人でそのまま職員室に向かい校長先生と担任の先生と話をした。詳しくは話さなくても病気のことはクラスメイトにも伝えておきたいと私が言うと、担任に『うちのクラスは明るいから、安心して』と言われた。一応頷いたけれど、クラスの生徒がどうだろうとあまり関係ない。欠席や早退の時に、いちいち理由を聞かれたら面倒なので言っておきたいと思っただけだ。

それに、私が病気だと分かっていた方が、近づきにくくなるだろうから……。

話を終えると母は帰り、私だけが職員室に残った。帰り際、母がとても不安そうな目で私を見たので、大丈夫だと伝えるかのように精一杯口元に笑みを浮かべながら手を振った。母の姿が見えなくなると、私は唇を元に戻し、目を伏せる。

「それじゃあ行こうか」

担任がそう言い、名簿などを持って立ち上がった。緊張なんかするはずがないと思っていたのにいざとなると胸がドキドキする。でもそれは、友達が出来るのかとかどんな子がいるのだろうとかそういう期待からではなく、転校するのは初めてだから少し緊張しているだけだ。

二年三組の前に立つと、ますます緊張してきた。転校することでなにかが変わるわけではないし、私を待っている運命は一つだけなのに。心臓の鼓動を落ち着かせるように軽く深呼吸をし、唇を噛んだ。

「おーい、席着け」

チャイムが鳴るのと同時に教室に入り、私は俯きながら先生の後に続く。

「今日からこのクラスの一員になる雪下美琴さんだ。じゃあ簡単に挨拶して」

俯いていても、沢山の視線を浴びているのが分かった。

「雪下美琴と言います。よろしくお願いします」

うしろからは、黒板にチョークが当たる音が聞こえてくる。私の名前を書いているんだろう。

顔を上げると、私はそこにいる生徒たちをぐるりと見回した。あたり前だけれど、やっぱりみんな私を見ている。息を整え、口を開いた。

「この学校の近くにある病院に通うため、転校して来ました。私は病気です。だから学校を休むこともあるし体育は見学が多くなると思いますが、よろしくお願いします」

私はクラス中に向けてハッキリとそう言った。これでいい。病気だと伝えておけば、なんとなく深く追求してはいけないような空気になるし、ある程度の距離も保ってくれるはず。喜びも楽しみもいらない。その時が来るまで、毎日をただ生きていくだけだ。

「席だけど……あそこの空いている席で。おい吉見、頼むぞ」

先生が指差した先、窓から二列目の一番うしろの席が空いていた。私はまた俯いて、自分の席にゆっくりと向かった。

「よろしく」

今のは私に言ったのだろうか。声がした方に視線を向けると、窓際の一番うしろに座っている一人の男子生徒と目が合った。

「よろしくね」

もう一度そう言われた私は小さく頷いて席に着く。みんなが振り返って興味津々といった様子で私を見ている。

「よーし、それじゃあ授業を始めるぞ」

先生の声でみんなは一斉に姿勢を戻したけれど、なんとなく視線を感じた私は左側を向いた。さっきよろしくと言ってきた男子と再び目が合う。これといって特徴のない、普通の男子だった。

「あ、吉見彰です。よろしく」

クラスメイトとの距離は縮めたくないけれど、挨拶を無視することはさすがに出来ない。何回言うのだろうと思ったけれど、私は小声で「よろしく」と言い返し、再び前を向いた。

鞄から教科書を取り出し、机の上に置いた。必要なものは事前に全て揃えていたし時間割ももらっていたので、授業を受けるのに不便なことはなにもない。学校は変わっても勉強の内容はあまり変わらないから、授業が始まっても戸惑うことはなかった。

一時限目の授業が終わり机の上にある教科書を次の科目のものと取り換えていると、クラスメイトが私にチラチラと視線を向けていることに気付く。話しかけようか迷っている様子がひしひしと伝わってきて少し居心地が悪いけれど、このまま誰も私に近づかずに一日が過ぎてくれたらいいなと思った時、一人の女子生徒が私の机の横に立った。

「雪下美琴ちゃん、初めまして！」

顎《あご》くらいの長さのショートボブに小麦色の肌をしている彼女は、満面の笑みを向けて私に言った。

「私、藤巻理紗。よろしくね」

グレーのカーディガンを肘まで捲《まく》り、日に焼けた腕を私に差し出した。冬なのに綺麗に焼けた肌がとても健康的だと思った。戸惑いながらも、私はその手を握る。距離は置きたいけれど、無視することも出来ないからだ。

「よろしく」

「ねぇ、美琴って呼んでもいい？」

「……え？」

「私のことは理紗って呼んで」

私は返事をしない代わりに、苦笑いを浮かべて目を伏せた。病気ではなく、死ぬのだとハッキリ言った方が良かったのかもしれない。まさかこんなにもグイグイ話しかけられるなんて思っていなかったからだ。病気と言っておけば一定の距離を保てると思っていたのに。

すると、藤巻さんが私に話しかけたのを見て安心したのか、他の生徒が次々と私の机の周りに集まってきた。ほとんどが女子だったけれど、男子も数人交じっている。

「前はどこに住んでたの？」

「部活入る？」

「彼氏は？」

息つく間もなく飛んでくる質問に、私は答えられなかった。一つ一つの質問に答える度に、クラスメイトとの距離が少しずつ縮まっていってしまうような気がしたから。困った振りをしてみんなから逃げるように視線を下げていると、どこかから「病気ってどんな病気なの？」と言う声が聞こえて、私は顔を上げた。

それまで騒いでいたはずの声が消える。ここで私が事実を話したらどうなるか。興味本位で聞いてきたところで、本当のことを知ったらきっと今までのクラスメイトのように距離を置いてくるに決まっている。それならむしろ本望だ。

このままどんどん進行していって、ただ死ぬのを待つだけの病気だよ。そう言おうと唇を開いた時、藤巻さんが私の肩に手を置いた。

「もー、そんなに一気に質問したら答えるの大変でしょ？　質問は美琴がもう少し学校に慣れてからってことで、それまでは学校のこととかクラスのことを教えてあげようよ」

せっかく言えると思ったのに、タイミングを失ってしまった私は机の下で両手を強く握った。

藤巻さんの言葉に、他のみんなは私を囲みながら「それもそうだ」「テンション上がっちゃってつい」と口々に言いながら笑っている。こんなことで笑えるなんて、きっとみんなは幸せなのだろう。

もしもこれ以上仲良くしてくるようなら、その時は言えばいい。どうせ死ぬのだから、私とは仲良くしなくていい。一人でいたいからと。

次の休み時間もその次も、私の周りには常に生徒が集まって来ていた。けれど最初の時とは違い、私に質問するというよりもみんなが話しかけてくることに私が頷いたりするだけだった。藤巻さんの言葉通りになっている。そしていつの間にか、藤巻さんだけでなく他のみんなも私のことを「美琴」とか「美琴ちゃん」と呼ぶようになっていた。

雪下さんのままで良かったのになと思っても、楽しそうに話すみんなの姿を見ているとそれは言えない。学校生活なんてどうでもいいと思っていたのに、変なところでまだ気にしてしまう自分がどうしようもなく嫌だ。まだなにかを期待しているのか、諦めろと必死に言い聞かせた。

そして昼休みになった時、隣の席の男子が立ち上がって私の側に寄って来た。

「あ……えっと雪下さん、昼は弁当？　誰かと一緒に食べるの？　うちのクラスの女子は騒がしいけど悪い奴はいないと思うから、気軽に話しかけて大丈夫だよ」

「……私、今日はもう帰るんです。病院に行かなきゃいけないので」

「そ、そっか。ていうか、敬語じゃなくていいよ。クラスメイトなんだし」

「はい……あ、うん」

「じゃあ、また明日」

「うん、また……」

鞄を持ち教室を出ようとすると、他のみんなからも「帰るの？」と声をかけられたので、今日はもう帰らなくてはいけないのだと説明した。みんなが私に手を振り、私も小さく振り返す。

そういえば隣の男子の名前、なんだったっけ……。

教室を出て廊下を歩き階段に差しかかろうとしたところで、パタパタという足音と共に「美琴」と私の名前を呼ぶ声が聞こえて振り返った。藤巻さんだった。

「あのさ、これ」

首を傾げながら差し出された紙を受け取る。

「これ、私の携帯の番号とアドレスだから」

驚いて藤巻さんの顔を見つめると、彼女はニッコリと微笑んだ。

「私、陸上部に入ってて放課後はほぼ毎日部活なんだけど、夜は暇だからなんか聞きたいこととかあったら遠慮なく連絡してね」

それだけ言って、藤巻さんは再び小走りで教室に戻って行った。

渡された紙を眺めながら、こんなはずではなかったのにという思いを込めて、大きくため息をつく。

なかなか思い描いたようにはならないのだなと痛感した。世の中の転校生はみんな同じなのだろうか。初日から名前で呼ばれることも沢山話しかけられることも、ましてや連絡先を渡されることも想定していなかった。病気だと言えばいいという考えはやっぱり甘かったんだ。

仲良くなんてなりたくない、期待なんかしても意味がない。明日からは、笑わず喋らず、近づきたくないと思われるくらい、ジッと俯いていよう。

だって私は、どうせ死ぬのだから……。

翌朝の朝食は和食だった。ご飯に納豆にお味噌汁、全て完食した。

昨日の夜、学校はどうだとかクラスはどんな感じかとか、徒歩の通学は大丈夫かなど、両親からの質問攻撃が止まらなかった。心配してくれているのはじゅうぶん分かっているけれど、少ししんどい。けれどそれを悟られまいと、きちんと安心出来るような言葉を選んで答えた。

まだ二日目だというのに、もう憂鬱だ。けれど今日はずっと俯いていると決めたのだから、それを実行しよう。

マンションを出ると、必ず目に入って来る図書館を見上げた。昨日よりも早く家を出たことで時間にまだ余裕があったため、駅へは向かわずに図書館に沿って左に曲がった。図書館の入口は反対側にあって、その前には大きな公園がある。もちろん引っ越して来た時にこの公園のことは知っていたけれど、入ったことはまだなかった。

公園の図書館に一番近い所には一定の間隔でベンチが置かれていて、小さな遊具も幾つか置いてある。その奥にもどうやら色々あるらしいけれど、詳しいことまではよく知らない。

沢山の人が駅に向かって歩いているけれど、公園に座っている人は誰もいなかった。そんな中で、私は目に付いた青いベンチに腰を下した。ふと左側に視線を向けると、一本の木が立っていた。なんの木だろう、お父さんなら分かるかな。そう思いながら今度は木から空へと視線を移す。冬の朝の空気はとても冷たくて、空を見上げると白い息が宙を舞う。

しばらくボーっとしていると、うしろから穏やかなメロディーが微《かす》かに聞こえてきた。図書館の時計の音だと気付いた私は、慌てて立ち上がる。少しのんびりし過ぎてしまった。

駅を抜け反対側に出て学校を目指すけれど、昨日よりも歩いている生徒の数が少ない気がした。二日目で遅刻なんて、やる気がなさ過ぎる。とはいえ、実際そうなのだから仕方がない。

速く歩くこともせず、いつも通りの足取りで学校を目指していると、うしろから突然誰かに腕を掴まれた。驚いて声を出す間もなく、なにがなんだか分からないままその手に引っ張られるようにして走り出す。

「走れば間に合うぞ」

よく見ると、私の腕を掴んでいるのは隣の席の男子だった。

走るというよりも、引っ張られていることで無理やり足が動いているという感覚だ。手を振り払うことも出来ないまま息が少し苦しくなってきた時、ようやくその男子は止まってくれた。

学校の門の中に入った所で、私は前屈みになりながら乱れた息をなんとか整えようとゆっくり呼吸をする。

「あ、ごめん……ギリギリ間に合うと思ったから……」

頭上から聞こえてきたその声に、私は思わず本音を言ってしまった。

「私、病気だって言ったよね？」

それなのに、突然走らせるなんてなにを考えているんだ。そう思いながらようやく息が整った体を起こし、顔を上げた。すると目の前にいる彼は、目を見開き口をあんぐりと大きく開けて私を見つめる。そして……。

「……あっ、ごめん！　本当にごめん！　普通に忘れてた」

忘れていた……？

彼のその言葉が、なぜか私の頭の中に繰り返し流れてくる。

深く下げた頭をゆっくりと上げると、申し訳なさそうに眉をひそめている。そんな彼の顔を見た私は思わず……笑い出してしまった。

我慢しようと思っても笑いが込み上げてきて、お腹を押さえながら声を出して笑った。

「えっ？　あの、俺なんか変なこと言ったかな？」

変だよ。だって私は病気で、しかも病院に通いやすいようにという理由でわざわざ引っ越して来たのだから、少し考えれば簡単な病気ではないと分かるはずなのに、それを忘れていただなんて。本当に忘れていたとしても、それをそのまま言葉にするとは思わなかった。

止まらない笑いに最初は戸惑っていた彼も私につられたのか、クスクスと笑い始めた。そして気付けば、私達は互いに視線を合わせながら声を立てて笑っている。

門を通り過ぎる生徒が不思議そうにこちらを見ていたけれど、混ざり合う二つの高らかな笑い声の理由は私達にしか分からない。

ようやく冷静さを取り戻したのは、チャイムが鳴った時だった。彼はなにかを思い出したかのように一瞬ハッと目を見開いたけれど、すぐに「まぁいいか」と呟いた。チャイムが鳴り終わった廊下を、私達はのんびり歩いた。「もう遅刻だし、急いでも仕方ない」と、彼がそう言ったからだ。

笑わない、喋らない、そう決めたばかりだし、よく考えたらあそこまで笑うほどのことではなかったのに、私はどうして笑ってしまったのだろう。

でも……あんなふうに声を出して笑ったのは久し振りで、心の中に溜まっていたなにかが声と共に吐き出されたような気持ちになった。

「あの……名前」

「名前？」

歩きながら遠慮がちに私が言った言葉を、彼が聞き返す。名前を忘れたからもう一度教えてほしいとは、なかなか言いにくい。

「もしかして、俺の名前？」

「うん……。ごめんね、昨日の今日でまだ全然覚えられてなくて」

「そりゃそうだよね。しかも俺なんてこれといった特徴もないし」

昨日私が彼を見て思ったことをそのまま言われてしまい、思わずまた笑いそうになったのをグッと耐えた。

「吉見彰です。イケメンでもなんでもない普通の男だけど、隣の席だしさ、改めてよろしくね」

「うん、よろしく……」

クラスメイトとは距離を置くと決めていた。一人でいたいと思っていた。それなのに、口が勝手によろしくと言ってしまったんだ。

どうしてかなんて分からない。けれど、笑い合った時の心が弾んだような気持ちが、なんだかとても……嬉しかったから。

教室に入ると、みんなが私達を見て驚いていた。一緒に教室に入ったことで、なにか勘違いをしてしまったのかもしれない。そして「皆勤賞残念だったなー」という先生の言葉で、吉見君がこれまで無遅刻無欠席だったということを知り、とても申し訳ない気持ちになった。

「ごめんね、せっかくの皆勤賞が私のせいで」

小声で隣の席に座っている吉見君にそう言うと、吉見君は大きく首を横に振った。

「雪下さんのせいじゃないよ。元々俺が寝坊したのが悪いんだし。ていうか……雪下さんが笑ってるの見て、俺も楽しかったから」

「そっか……」

いつの間にかまた自分から話しかけていたことに気付いた私は、教科書を見る振りをして俯いた。そしてこれ以上仲良くならないようにと、再び強く自分に言い聞かせる。

休み時間になると昨日と同じようにクラスメイトが私の席に集まって来たけれど、昨日よりも明らかに人数は減っていた。転校初日はみんな興味があったのだろう、でもあまり喋らない私に対してつまらないという印象を抱いた人もいるのだと思う。意識して壁を作っているのだからそう思われても仕方がないし、こうして徐々に私から遠ざかってくれたらそれでいい。

「美琴、今日一緒にお昼食べようよ」

私の机に手を置き、藤巻さんが言った。前の学校では、誰かと一緒にお昼を食べたことは一度もない。入学が遅れた私は、誰の輪の中にも入れないままずっと一人だったから。時々気を使って話しかけられることが、たまらなく苦痛だった。

藤巻さんはいつもニコニコと明るく話しかけてきてくれて、私にはそれがとても疎ましい。だから……。

「ごめん。私、一人で食べたいんだ」

強めに言った私の言葉に、藤巻さんはきょとんとした表情で私を見つめている。近くにいた女子にも聞こえたのか、私に聞こえないようにコソコソとなにかを話しているようだった。藤巻さんがせっかく誘ってくれたのを断ったのだから、感じ悪いと思われたに違いない。

けれど当の藤巻さんは、机に手をのせたまま私の方にグイッと体を近づけて微笑んだ。

「そういう時もあるよね。分かった、じゃあまた今度一緒に食べよ」

まさかそう言われるとは思わなかった。今度は私の方が驚いて、瞬《まばた》きを繰り返す。

でもこのやり取りを繰り返していれば、そのうちにきっと藤巻さんも諦めて私に近づいて来なくなるだろう。

次の授業が始まると、色白でとても綺麗な女の先生が教室に入って来た。

「今日は前回話した通り、住みやすい街づくりをテーマに進めていきます」

前回の授業。当然私はいなかったので、配られたプリントと教科書に目を通す。

「では、隣の席の人と二人一組で話し合って、次の授業では実際にまとめたものを提出してもらいます」

隣の席ということは、吉見君とだ。机を移動しているみんなの姿を見て立ち上がると、先に吉見君が私の方に机を動かしてくれた。

「よろしくね、雪下さん」

「うん。よろしく」

吉見君とはこれで何度目のよろしくになるだろうか。

「快適な街づくりか。まずはどの世帯にするかだよな」

ファミリー、一人暮らし、お年寄り、住む人によって快適に暮らせる街づくりか、なかなか面白い授業だな。ブツブツと独り言を呟いている吉見君の横で、私はプリントの隅に落書きをしながら考えた。

「それって……タヌキ？」

落書きを覗き込まれた私は、少しムッとして吉見君を見た。タヌキか……、私はやっぱり絵心がないいんだ。

「猫、なんだけど」

「あっ、猫だよね。うん、言われてみれば猫だ」

必死にフォローする吉見君に、私はクスッと微笑んだ。自分で描いたのに、もうタヌキにしか見えない。

「えっと、とりあえず雪下さんはどの世帯が住む街づくりを考えたい？」

「私は……ファミリーが一番思い浮かべやすいかな」

「そうだよな。俺もファミリーがいいと思った。じゃあとりあえずお互いノートに思い付いたことを書いて、後でまとめようか」

「うん、分かった」

私達はノートに視線を落とし、考えながら鉛筆を走らせた。二人一組で話し合うからか、教室の中は少し賑《にぎ》やかだ。ふと隣を見ると、吉見君はとても難しい顔をして天井を仰いでいる。眉間にしわを寄せたり、時々口を尖らせたり。その顔が面白くてついジッと見つめていたら、吉見君が私の方に視線を向けた。

「え、なに？　どうしたの？」

「ううん、なんでもない」

焦った私はすぐに視線を逸らし、再びノートに向かう。

どうしたんだろう。なんか私、変だ……。

昨日も今日も、休み時間は前の席の男子と話しているところしかまだ見たことがないし、こう言ったら失礼だけれど、クラスの人気者というわけでもなく本当にどこにでもいそうな目立たない男子なのに。どうして吉見君とだと、普通に話してしまうんだろう。仲良くなりたくなんかないのに……。

「あのさ、雪下さんは……姉妹いるの？」

「え？　あ、いないけど……」

「俺は兄貴がいるんだ。俺と違って出来た兄だから、なにかと比べられちゃってね」

突然の告白になんと言っていいか分からず、「そうなんだ」と答えた。比べられるって、どういうことだろう。

「趣味とかってあるの？」

「えっ、趣味？」

「あぁ、ごめん。なんか変な質問だよな。でもなんとなく知りたくなったから」

趣味って、なんかお見合いみたいだなと思うと少し可笑《おか》しかった。

「趣味は……別に、ないかな」

「俺もないよ。あ、別に聞いてないよね」

「そんなことはないけど……」

「うちの学校ボロいでしょ？」

「あー、うん。お世辞にも綺麗とは言えないかな」

「だよなー。つっても、今建て替えられるのも困るし」

それから吉見君は私に色々聞いてきた。「理紗はたまに口煩い時あるけどいい奴だから」「家は近いの？」「部活は入る予定ある？」それらの質問に私が普通に答えると、吉見君もまたありきたりな言葉で普通に返してきた。

これ以上仲良くならないようにもう返事をしちゃダメだ、話しかけられても無視をすればいい。そう言い聞かせているはずなのに、出来なかった。特別な理由なんてない、きっと他愛《たわい》のない会話が楽しかったからだ。それと、今朝吉見君が私に言ってくれた〝病気のことを忘れていた〟という簡単な言葉が嬉しかったから。吉見君の言葉で久し振りに声を出して笑えたことが、本当に嬉しかった。こうやって普通に話せば話すほど、いつ死ぬか分からないのに、なに笑っているんだって、虚しくなるだけだと分かっているのに……。

本音

　部屋の隅に置いた鏡の前で赤紫色のリボンを着け、ブレザーを羽織った。窓から見える空にはどんよりとした雲が広がっている。今朝は酷《ひど》く冷えていたし天気も悪いから、マフラーを巻いた方がいいかもしれない。クローゼットの中から白いマフラーを取り出し、リビングに向かった。

「あら、準備早いわね。温かい紅茶入れたから、飲んで行ったら？」

　母にそう言われ、ダイニングに座った私は紅茶を口に運ぶ。転校から一週間、制服を着ることも新しい家にも少しずつ慣れてきた。

「学校はどう？」

「楽しい……よ」

　前の学校にいた頃も、私は母に聞かれる度に『楽しい』と答えていた。でもそれは、母を安心させるために言っていた嘘だ。それなのに今、本心からそう答えてしまったことに気付いて少し焦った。

　クラスメイトとはある程度の距離を置くようにしている。日に日に話しかけてくる人も回数も減った。誰だか分からないけれど、あの子感じ悪いと話している声をトイレで偶然聞いてしまったこともあって、多分私のことを言っているのだと思う。それでも藤巻さんだけは、毎日私にお弁当を一緒に食べようと誘ってくる。まさか私が頷くまで誘い続けるつもりなのだろうか。断り続けるのも正直辛いから、早く諦めてほしい。

こうして少しずつ、一人になりたいという私の望みに近づいている気がするけれど、隣の席の吉見君とだけは私の想像とは全く違う関係になってしまっていた。仲良くならないようにと言い聞かせているのに、毎日沢山話しかけてくる吉見君の言葉を無視することは出来ず、自分でも驚くほど普通に喋ってしまっていた。吉見君がどうしてそんなに私に構うのか分からないけれど、なんてことない会話をしていることが楽しいと感じていることは事実で、教室の一番うしろの席に座っている時だけは自分が病気であることを忘れてしまいそうになる。

けれどもしかしたら、私が自分でそれを願っているのかもしれない。一人になりたいと思う反面、少しだけ、ほんの僅かな時間だけ、病気のことを忘れていたいのだと。

「じゃあ行ってくるね」

半分飲んだ紅茶のカップをキッチンに置き、家を出た。容赦なく頬を突き刺す冷たい風に、肩をすぼめながら歩き出す。

玄関まで見送ってくれた母は、とても安心したように微笑んでいた。多分母は、今までついていた私の嘘に気付いていたのだろう。だからこそ、思わず出てしまった嘘のない『楽しい』という私の言葉に、安心したのかもしれない。

いつもより少し早く学校に着くと、教室にはまだ数人しか登校していなかった。その中で、私におはようと言ってくる人はいない。自ら距離を置いているのだから当然だ。

席に着いて左側に目を向ける。まだ誰も座っていない机、その横にある窓からは反対側の校舎が見える。空はやっぱり曇っていて薄暗い。やたらと寒いし、雪でも降るのかな。

「おはよう、美琴」

しばらくすると、藤巻さんが登校して来た。彼女の席は廊下側なのに、毎日こうしてわざわざ私の席まで来て挨拶をしてくれる。

「おはよう」

視線を合わせずに答えた。顔は見ていないけれど、きっと藤巻さんは今日も笑顔なのだろうなと想像出来た。

そのうちに次々とクラスメイトが登校して来て、まだ来ていないのは吉見君だけになった。チャイムが鳴ってもまだ現れなくて、寝坊でもしたのかなと思った時、吉見君といつも話をしている渡辺君が席に座ったまま「まじで!?」と突然大声を上げた。

その声に驚いて体がビクッと一瞬震えた時、担任が教室に入って来た。渡辺君は背中を丸めながら机に向かっていて、手に持っているスマホを操作している。

「えっと、朝のホームルームの前にちょっと連絡なんだが……」

眉をひそめている先生と、突然大声を上げた渡辺君、未だ空いたままの隣の席。なんだか分からないけれど、ソワソワする。

「えー、実は吉見なんだが」

なんで……、心がざわついて、苦しくて、落ち着かない。

「今朝、交通事故に遭ってな……」

騒然となる教室。私の心臓は、ますます大きな音を立て始めた。

「事故ってなに？　それで彰はどうしてるんですか!?」

藤巻さんが立ち上がると、先生は落ち着かせるように左手を前に出した。

「吉見は……」

みんなが息を飲み、静寂に包まれる中、自分の心臓だけが激しく鳴り響いているような気がした。

「吉見は……幸い、軽い怪我《けが》で済んだそうだ。とにかく命に別状はないし、大怪我ではないから安心するように」

全身の力が一気に抜けたけれど、まだ手は震えている。それに、激しい心臓の鼓動はすぐには治まらなかった。

「大丈夫だよ。事故ったって連絡来た時はビックリしたけど、擦り傷だけだから遅刻して来るって」

　立ち上がった渡辺君が、持ち上げたスマホを揺らしながらみんなに向かって言った。吉見君が自分で連絡したということは、本当に大丈夫ということなのだろう。ようやく少しずつ、心臓が落ち着きを取り戻していく。

「つーか事故った日くらい休めばいいのにな」

　えっ……？　吉見君の前の席に座っている渡辺君が、こちらを向いてそう言った。目が合ったので、私は軽く頷く。

「遅刻はしちゃったけど無欠席だけは守りたいのかもな。普段なんにも考えてないくせに変なところで意地になるんだよ、彰は」

「えっ、あ、うん」

　どうしてそれを私に言うのだろうと思ったけれど、渡辺君の言葉にはなんとなく共感してしまった。まだ吉見君のことはよく知らないけれど、なにも考えていないというのはその通りのような気がしたから。

　それから吉見君が登校して来たのは、二時限目が終わる少し前だった。恥ずかしそうに少しはにかみながら教室に入って来た吉見君を見て、私は俯きながらクスッと微笑んだ。

休み時間にはクラスメイトが数人吉見君の側に集まって来た。渡辺君が女子に囲まれているところなら何度か見たことがあるけれど、こんなふうに吉見君の周りに人が集まっているのを見るのは初めてだから、少し違和感がある。

「事故って、どうせボーっとしてたんじゃないの？」

「普通に歩いてただけだし」

「じゃあなんで事故？」

「居眠り運転だってさ。車は電柱にぶつかって前が潰れてたけど、運転手も怪我で済んだらしい」

「なにそれ！　車が潰れるなんて下手したら危なかったじゃん！」

「俺に言うなよ」

もの凄い勢いで怒っている藤巻さん。その怒りは運転手へ向けたものなのだろうけれど、吉見君が怒られているようで少し可笑しかった。

「またあの道使ったんでしょ？　もう絶対近道使っちゃダメだからね！」

「だって近いし」

「近いって言ったってたった数分でしょ？」

「うるせーなー。とりあえずかすり傷だけだったんだから、もういいだろ」

面倒くさそうにため息をつく吉見君に、まだなにか言いたげな目をしている藤巻さん。怒っているのは、きっと心配しているからなのだろう。もし今ここに吉見君以外誰もいなかったら、私も心配で声をかけていただろうから。

チャイムが鳴ってみんなが自分の席に戻ると、私は吉見君に視線を向けた。それと同時に、吉見君も私を見る。

「事故っちゃった」

頭を掻きながら半笑いの吉見君に、私は呆れたようにため息をつく。そして「気を付けて下さい」とだけ言い、前を向いた。

さっきの怒っていた藤巻さんの気持ちがよく分かる。私もなんだかイラッとしてしまった。もちろん悪いのは居眠りをしていた運転手だけれど、一歩間違えたら大きな事故になっていたかもしれないのに吉見君は本当にのん気だ。

「なんか、怒ってる？」

「別に」

「怒ってるよね？」

「怒ってません」

自分でも、どうしてこんな感情になっているのか分からない。ただ、先生の口から吉見君が交通事故に遭ったと聞いた時の気持ちなら分かる。

怖かったんだ。昨日まで普通に話していた吉見君と普通に話せなくなってしまうと思ったら、凄く怖かった。特別な話は一度もしていないけれど、限られた私の時間の中で吉見君と話す短い時間は、特別だった。普通ではない私が、吉見君と話している時だけは普通でいられたから。

一人でいいと思っていたはずなのに、もし吉見君がいなくなってしまったらと想像したら……自分が死ぬことよりもずっとずっと、怖かった。

「俺、あんま深く考えないからさ、なんか変なこと言ってたらごめん」

怒ったように見える態度の私に、吉見君はそう言った。違う、吉見君はなにも悪くない。私が悪いんだ。未来に希望なんかないのに、なにも変わらないのに、大声で「私は死ぬから放っておいて」と、そう言えない自分が悪い。

吉見君が隣の席にいることで、カーテンの隙間から差し込む朝日のようにほんの少しだけ、普通に生きていることが楽しいと思ってしまった自分が、悪いんだ。

その日から、私は吉見君と話すことをやめた。他のクラスメイトに対しては壁は作っていたものの話しかけられれば一応返事はしていたけれど、吉見君のことはあからさまに避けた。こちらを見ていたら俯いて、話しかけられそうになったらそっぽを向いて。目が合ってしまったら、またきっと普通に喋ってしまうような気がしたから。

吉見君が事故に遭ったと聞いた時、私の心の奥に生まれたほんの僅かな感情。それが大きくならないように、これ以上膨らまないように、学校の中で私が唯一普通でいられた時間を消すしかなかった。授業が終わると、この日も私は誰よりも早く教室を出た。誰にも挨拶せず、逃げるように。

一月も終わりに近づき、息を吸う度に冷たい空気が体を冷やす。真冬の日差しが静かに降り注ぐ中、私は家には帰らずに図書館に向かった。今日は学校帰りに図書館に行くと母には連絡してあるから、心配することもないだろう。

図書館に入りそのまま螺旋階段を上って二階に上がると、沢山の本の中から気になった一冊を手に取る。沢山ある横長のテーブルの中で空いている窓際の席に座り、本を開いた。とても静かで、漂う紙の香りが心地良い。

夢中になって本を読んでいると、私の前に人影がスッと入って来た。顔を上げると、制服姿の藤巻さんが立っていた。

「ごめんね邪魔しちゃって。本借りに来たら美琴が見えたから」

「ううん、平気」

そう言って、再び本に視線を落とした。今でも積極的に私に話しかけてくる女子は、藤巻さんだけだ。そのうち諦めるだろうと思っていたお昼も、毎日誘ってくる。藤巻さんはとてもいい子で、いつまでも心を開かない私を心配してくれているのだろうけれど、私にとってはそれが逆に辛い。

もしも私が病気じゃなかったら、きっと良い友達になれたのかもしれない。明るくて少しお節介なところのある藤巻さんと、仲良くなりたかった。私がこの先も、生きていられるのなら……。

藤巻さんは私の向かい側に座った。私は気にせずにそのまま読書を続ける。私が今読んでいる本は、余命僅かな主人公が残り少ない時間を悔いなく生きるために、やりたいことをやって恋もして精一杯生きていくという話だ。

こんなふうになれたらいいのになって思う。けれど実際は、こんなに前向きにはなれない。やりたいことをやっても、恋愛をしても、全ては無駄になってしまうから。

この主人公の親は、最後まで精一杯生きた娘を誇りに思うと言っていたけれど、本当にそうなのだろうか。私の病気が分かってから、隠れて母が泣いているのを見たことがある。死ぬことよりなにより、自分のせいで大切な人を悲しませている現実が辛かった。

大好きなお母さんに泣いてほしくなくて、笑ってほしくて、だから私はどんなに辛くても家では明るく振る舞った。入院中も、母が来た時は「大丈夫だよ」って笑うようにした。食欲がなくても、沢山食べるようにした。

限られた時間を後悔なく精一杯生きるよりも、特別じゃなくていい、普通でいいから、ただ生きていたい。親を悲しませたくなんかない……。

「美琴、大丈夫？」

顔を上げた先には、とても心配そうに私を見つめている藤巻さん。手に持っているハンカチを私に差し出してくれた。

「ありがとう……」

無意識に零れ落ちていた涙を、受け取ったハンカチで軽く拭う。突然涙を流すなんて不思議に思ったに違いない。

「私もね、時々本読んで泣いちゃうことあるよ。本だけじゃなくて、ドラマとか映画とか、漫画でも泣くんだ」

私は無言で俯いたまま、キュッとハンカチを握った。

「あのさ、美琴……」

そう言って少し間を置いた藤巻さんに、私は視線を向けた。

「美琴は、私のこと……嫌い？」

「えっ？」

予想外の言葉に思わず声を上げてしまった私は、すぐに口を押さえて周囲に頭を下げた。

「ごめんね、変なこと聞いちゃって」

いつも明るい藤巻さんが少し寂しそうに俯く姿に、黒い染みのような後悔が胸を突き刺した。

　私の素っ気ない態度にみんなが距離を置いていたというのに、藤巻さんはずっと私に声をかけ続けてくれていた。一緒にお弁当を食べようと誘ってくれていたのに、それを断り続けていた。自分のことしか考えていなかった私は、そんな優しい藤巻さんをずっと傷つけていたのかもしれない。

「ごめんなさい。藤巻さん、ごめんなさい」

　深く頭を下げていると、テーブルにのせていた私の手を藤巻さんが握った。

「え、なんで？　謝らないでよ。違うの、ごめんね、私変なこと言っちゃって」

「私、藤巻さんが嫌いとか、そういうんじゃないの。ただ……」

　言葉に詰まって顔を上げると、いつものように笑顔を向けてくれた藤巻さんに、私の胸がまた痛んだ。

「いいの。人にはそれぞれ抱えてる気持ちとか事情があると思うから、言わなくていい。私がしつこいから嫌われちゃったのかなって思っただけだから」

「ごめんね。本当に、藤巻さんのことは嫌いとかじゃないの。いつも声をかけてくれて本当は凄く嬉しかった」

　もしも藤巻さんに病気のことを話したらなんて言うだろうかと、心の中で複雑な感情が混ざり合う。読んでいた本の主人公は辛い時、友達に支えられていた。友達と過ごす時間が彼女を笑顔にさせていた。けれど物語と現実では違うということを、私は前の学校で感じたんだ。でも……。

「美琴がもう話しかけてほしくないって言うなら、もうしつこくしたりしない。でもね、もし私と友達に……」

「私、友達になりたい」

藤巻さんの言葉を遮って咄嗟に出た言葉は、もうずっと前から心の中にあった本音だった。本当は、ずっと言いたかった。

「私、藤……理紗と、友達になりたい。今までお昼とか誘ってくれてたのに、毎日必ず挨拶してくれてたのに、勝手なこと言ってるって分かってるけど」

ずっとずっと、友達になりたかった。理紗って、呼びたかった。仲良くなったとしても私の病気のことを知ったら態度が変わるだろうって勝手に思い込んで、怖くて、傷つくくらいなら友達になんてならない方がいいと思ってた。どうせ死ぬのに、友達なんて意味がないって思ってた。でも理紗は……。

「いつも笑ってて明るい理紗が、羨ましかった。理紗と友達になれたらきっと凄く楽しいだろうなって想像したりもした。私がみんなと同じなら、迷いなく仲良くしたいって思っただろうけど、私……」

胸を突き上げる気持ちに鼻の奥がツーンと痛み、涙がぽろぽろと零れ落ちる。

「友達だよ……。私と美琴は、もう友達。だからね、明日……一緒にお弁当食べよ」

そう言って微笑んでくれた理紗の頬を、大粒の涙が伝った。

友達になりたいと思ったことを、私は後悔するのかもしれない。理紗を悲しませることになるかもしれない。それでもやっぱり、友達と普通に過ごしたかった。女子同士、くだらない話で盛り上がって、買い物をしたり甘いものを食べに行ったり、そうやって普通に。

自分に嘘をついて一人になることを望んでいたけれど、諦めずに私に声をかけ続けてくれた理紗を、信じたいと思った。

涙を拭いながら無言で心を落ち着かせている間、理紗はなにも言わずにずっと私の手を握っていてくれた。なにがあったのか聞くこともなく、ただずっと。

友達になってしまったら、いずれ私が死んだ時に辛い思いをさせてしまう。だからどんなに優しくされても声をかけられても避け続けるつもりだったのに、理紗に『嫌い？』と言われた瞬間、どうしようもなく悲しい気持ちになったんだ。本当は仲良くなりたい、友達になりたいと思っていた気持ちが、涙と共に心の中から溢《あふ》れ出るのを止められなかった。

「大丈夫？」

少しずつ心が落ち着いてくると、理紗は私の顔を覗き込みながらそう言った。

「うん。ごめんね」

「謝らないで、謝るの禁止だよ。なにも言わなくていいから。私と美琴は友達になれた、それだけでいいの」

「ありがとう……理紗」

止まったはずの涙がまた溢れそうになって、唇を強く噛み締めた。

「あのさー、美琴」

「なに？」

「彰と、喧嘩でもしたの？」

「えっ!?」

突然の言葉に驚いていると、理紗は席を立って私の隣に座り直した。

「彰とは普通に話してたでしょ？　でも最近はあんまり話してないみたいだったし、なんか美琴も彰も元気ないなーって思ったから」

「あ、えっと……喧嘩とかそういうんじゃなくて」

私が答えに困って俯いていると、理紗が前を向いたままフフッと微笑んだ。

「私ね、彰とは幼馴染みなんだけどさ、子供の頃はああ見えてまぁまぁ結構かっこ良かったんだよ。あいつは忘れてると思うけど、小さい頃近所の子に意地悪されていた私を助けてくれたり、小学校の卒業文集にはお医者さんになりたいって書いてたっけ」

私が目を丸くしていると、その顔を見た理紗がプッと噴き出した。

「意外だよね、美琴がそんな顔するのも分かるよ。でも色々あって、中学に上がった頃から彰は頑張らなくなったんだ。どうせ自分には無理だからって。そういう彰を見てるとね、なんかイライラしちゃって」

「イライラ？」

「うん。なにも考えてないとか夢なんかないとか、変わらない毎日をただなんとなく生きてるだけだとか時々ぼやくんだけどさ、それってただの言い訳でしょ？」

私は頷くことが出来なかった。頑張ったってどうせ変らないという気持ちは、私が抱いている気持ちでもあるから。

「だって、頑張らなきゃ変わるはずないんだから」

自分が言われているようで、胸が痛んだ。

「でもさ、美琴が転校して来てから少し彰が変わったの」

「私が？」

「うん。昔からよく知ってるから、私には分かるの。必死になって美琴に話しかけてるなって」

「そうかな？」

必死に話しかけられているとは感じなかったけれど、幼馴染みの理紗が言うのだからそうなのだろうか。でも私には普通に会話をしているようにしか思えなかった。

「彰があんなふうに自分から女子に話しかけることってあんまりないいんだよ。一目惚れなのかもね」

「……っな、なに言ってるの？」

突拍子もないことをサラッと言うもんだから、あからさまに動揺してしまった。視線を泳がせ「そんなわけない」「有り得ない」と何度も繰り返す。理紗はそんな私を見て微笑んでいた。

「なんの取り柄もないって彰は思ってるけどさ、本当は優しいの。周りの目とか自分の立場とかなーんにも考えないで、時々助けてくれたりする優しい奴だった。本当は自分でもこのままでいいのか迷ってると思うんだ。だから、美琴がいることで彰の心が動くなら、彰とも友達でいてやってほしい。幼馴染みとしてのお願い、かな」

「私は……吉見君とは最初から話しやすくて、多分いつも普通に接してくれるからなのかなって思うんだけど……」

胸に手を当て窓の外を見ると、赤みを帯びた冬の夕日が広がっていた。言葉を止めた私は、心の奥にある小さな気持ちを正直に理紗に伝えることは出来なかった。伝えてしまったら、それが本当になってしまう気がしたから。

「いいんだよ、普通で。今まで通り普通に話すだけで。もし彰がなんか失礼なこと言ったりしたら、私が怒ってやるから」

「理紗……」

「なんて、私がこんなこと美琴に話したって言ったら、またお節介だって言われそう」

顔をほころばせてはにかむ理紗に微笑み返すと、胸の中がトクンと小さく波を打つ。

吉見君は、私と話したいと思ってくれているんだろうか。理由もなく突然避けてしまっている私を、どう思っているんだろう。

おかしいな、そうするべきだと自分で思ったことなのに。嫌われていたらどうしようと不安になるなんて、そんなこと思っても意味なんてないのに。

「そういえばさ、テストの後に球技大会があるの知ってる？」

「え？　あ、行事の予定表に書いてあったね。私は出られないけど」

「結構盛り上がるんだよ。って言っても、彰はいっつもやる気ないんだけどねー。そろそろ競技とか決める頃じゃないかな？」

やる気のない吉見君の姿をなんとなく想像出来た私は、小さな笑みを頬に浮かべた。

それから帰るまでの三十分の間、理紗は一度も私に病気のことを聞いてこなかった。

聞きたいけど気を使って聞けないというわけではなく、きっと私が話すのを待っているのだろうと思った。

本の主人公のように私にもっと勇気があれば、いつか……話せる時が来るのかな。

翌朝、なにかに背中を押されているかのように自然と早く歩いてしまっていたからか、いつもより早く学校に着いてしまった。

教室に入り鞄を置くと、当然まだ来ていない隣の席に目を向ける。すると突然心臓の音が速まって、体と心が妙に固くなっている気がした。私はなにを緊張しているんだろう。

しばらくするとクラスメイトが登校して来て、徐々に賑やかになる教室に「おはよう」という大きくて明るい声が響いた。私はその声の方を向き、小さく手を振る。

「おはよう、理紗」

「おはよう美琴」

笑顔で挨拶をするだけで、なんだか昨日までの自分ではないような気がした。私が理紗の名前を呼んだことに驚いたクラスメイトが、私に視線を向ける。少し怖くなって俯いていると、ガタンという音が真横から聞こえて顔を上げる。吉見君がいつの間にか席に座っていた。

私は机の上に置いた両手を握り、軽く息を吸い込んでから口を開く。

「あの……お、おはよう」

私の声に、まるでお化けを見ているかのような驚きの表情をした吉見君は、机にのせようとした鞄をそのまま床に落とした。

「あっ、えっと、おはよう。あの」

うろたえながら鞄を拾い、たどたどしい口調でそう返事をした吉見君。席に座ると、私の方を向いて再び「おはよう」と挨拶をしてくれた。

その瞬間、嫌われたかもしれないと思っていた心がほぐれ、想像以上にホッとしている自分がいた。

「今日は、昨日よりは暖かいね」

「うん、そうだね」

「今年は雪、降らないのかもな」

「うん」

「雪下さんは、雪、好きなの？　あ、今のは別にダジャレじゃないよ」

焦りながら両手を顔の前で振っている吉見君が、照れくさそうに笑った。

「雪はあんまり好きじゃないかな。寒いし、歩くのも大変だし」

「そ、そっか。だよね。俺も」

なんてことない世間話がとても心地良くて、今日の天気のように心がすーっと晴れていくような気がした。理紗と友達になって吉見君と普通に話をすること、たったそれだけで、今まで見てきた教室がまるで違って見える。一人でいることにこだわっていた時とは全然違う景色だった。

「球技大会に出る種目を決めるぞ」

ホームルームが始まると、理紗が言った通り球技大会に出る種目を決めることになった。理紗は昨日バレーボールに出たいと言っていたけれど、吉見君はなにに出るんだろう。

「出たい種目に手挙げろよー。じゃあ男子からな」

先生が黒板に男女別の種目を書きながら言った。「どうする？」などという声があちこちから聞こえてきた。私は見学なので選ぶ必要はないけれど、もし私が健康な体だったら、理紗と同じ種目に出て一緒に頑張ってみたかったな。そんなふうに考えるだけで、気持ちがすぐに沈んでしまう。

「バスケットボールに出たい人」

先生の言葉に何人かの男子が手を挙げているけれど、吉見君の腕は頬杖をついたまま動いていない。

「じゃあ次、サッカー」

男子はバスケかサッカーなのだから、吉見君はサッカーなのかな。そう思って左を向くと、面倒くさそうに右手を挙げていた。

「やっぱ彰はサッカーか」

振り返って言った渡辺君の言葉に、吉見君は頷いている。

「だってサッカーならお前がいるだろ？　俺が隅の方で大人しくしてたってなんの問題もない。期待してるぞ、エース」

今の言葉はなんだか吉見君らしいなと思ったけれど、考え方が少しずるい。吉見君が頑張らなくなったという昨日の理紗の言葉が思い出された。

「雪下さんは、どっちに出るの？」

「え？　私は……見学だから」

「あそっか。じゃー、応援よろしくね」

私が病気だということをまた忘れていたのだろうか、そうだったら嬉しいな。吉見君には、私が病気だということを忘れていてほしい。吉見君の前ではずっと普通でいたいから。

その日の昼休み、私はお弁当を持って理紗の席に向かった。

「あの、お弁当……」

「うん、一緒に食べよ」

クラスのみんなが信じられないといった顔で私を見ている。今まで散々断ってきたのだから、普通に考えたら自分勝手で最低な女だ。私自身もそう思う。でも、みんなからどう思われようと、理紗とは仲良くなりたい。今の私を突き動かしているのはただそれだけだった。

「美琴と一緒に食べるね」

理紗の言葉に、これまで一緒に食べていた女子達は教室を出て行った。他の場所で食べるのかもしれない。

私のせいで理紗に気を使わせてしまったことが申し訳なくて、こんなことなら最初から理紗の誘いを断ったりしなければよかった。そうすれば今頃は、みんなで一緒にお昼ご飯を食べていたかもしれないのに。

少し落ち込んでいる私の横で、どこで食べようかと理紗は色々迷っていたけれど、結局私の席で食べることになった。私は自分の席で、理紗は空いていた私の前の席に座る。私の机の上に並ぶ二つのお弁当が、とても不思議だった。

こうやって友達と一緒にお弁当を食べたのは久し振りで、少し緊張する。

「わー、美琴のお弁当凄く美味《おい》しそう」

今日はハンバーグと昨日の残りの煮物とサラダが入っていた。

「ていうか美琴のお弁当小さいね、私の見てよ」

理紗のお弁当箱は二段になっていて、ご飯とおかずがそれぞれ入れられていた。

「お前が食い過ぎなんだよ」

ボソッと呟く声が横から聞こえると、理紗は頬を膨らませて隣に座っている吉見君を睨《にら》んだ。

「そりゃ私は美琴みたいに細くないけど、部活でいっぱい走るんだからいいの！」

「へー、そうなんだ」

「なにその言い方！　もう黙って食べなよ」

幼馴染みだからこそ遠慮がないのだろうけれど、私にとってはそんな二人のやり取りが少し羨ましく思えた。

「彰のことはほっといて、食べよ」

「うん」

ムッとしながらウィンナーを頬張った理紗を見て、私も自分のお弁当を食べ始めた。

煮物は昨日食べた時よりも味がよく染みていて美味しいし、ハンバーグは間違いなく美味しい。私の大好物だ。

お弁当を食べながら機嫌も徐々に治まってきたのか、眉間のしわがすっかり消えた理紗が箸でブロッコリーを持ち上げながら口を開いた。

「ていうか、もうすぐテストだね」

「あそっか、そうだね」

転校してから初めてのテストか、そろそろ本腰を入れて勉強しなければと思う一方で、勉強する意味はあまりない。それでも親には心配かけたくないから一応頑張るけれど。

「私普段は部活部活で遊ぶ暇ほとんどないんだけど、三年で引退したら行きたい所いっぱいあるんだ」

「部活ってそんなに大変なんだね」

「うちの陸上部とサッカー部は特に厳しいの。だから引退したら、美琴と一緒に出かけたいな」

「私と？」

「うん、ダメ？」

ダメ……じゃないけど。引退はきっと来年の夏くらいだろう。それまで私は、生きていられるのだろうか……。

「三年になったら今度は進路のことで頭抱えなきゃいけなくなるけど、卒業までの間に美琴といっぱい色んなことしたいな。やりたいことも沢山あるし」

「……うん、そうだね」

もし私が死んでしまったら、美琴はきっと悲しむ。悲しくて、やりたいことが一つも出来ないまま高校生活を終えることになってしまうとしたら、私のせいだ。

生きたいな。せめて高校を卒業するまでは、生きていたいけど……。

箸を持ったままジッと俯いていると、ガタンという椅子の音にハッと我に返る。隣でお弁当を食べていた吉見君が立ち上がっていた。机の上にあったはずのお弁当はもうなくなっている。

「食べるのはやっ。なに、トイレ？」

「ん？　まぁな」

理紗の言葉にそう答えると、吉見君はそのまま教室を出て行った。

理紗と一緒にお喋りをしながらの昼休みは、思ったよりもあっという間だった。お弁当を片付けて理紗が席に戻ると、教室以外の場所でお昼を食べていたクラスメイトも徐々に教室へと戻って来る。でも吉見君はなかなか帰って来なかった。一度お手洗いに行ってから教室に戻っても、まだ吉見君の姿はない。

どこに行ったのだろうと思っているうちに、チャイムが鳴ってしまった。私の左側は空いたままで、同じように渡辺君もまだ帰って来ていなかった。

「あれ？　渡辺と吉見はどうした？」

五時限目の数学の先生が二つの空いた席に視線を向けながら問いかけるけれど、誰も知らないようでみんな首を傾げている。二人は授業をサボるとか、そういうタイプには見えなかったけれど。

「とりあえず授業始めるぞ」

わざわざ探すことはしないのでそのまま授業が始まったけれど、開始僅か十分ほどで担任の先生が教室にやって来た。教室の入口で教師二人がコソコソと話をしている姿にはどこか違和感がある。

担任が教室を出ると、教科書を持ったまま数学の先生が口を開いた。

「なんかな、渡辺と吉見が怪我したらしい。休み時間になったら誰か二人の荷物を保健室に届けてやってくれ」

怪我？　どうして？　まさか走り回って転んだとか、二人揃って階段から落ちたなんてことはないだろうし。さっきは普通に隣でお弁当を食べていたのに、なにがあったんだろう。

吉見君が事故に遭ったと聞いた時のように、不安で胸が苦しくなった。チラッと理紗の方に視線を向けると、理紗は俯いたまま顔を曇らせている。

先生の口振りから、そこまで大きな怪我ではないような気がするけれど、それでも心配で落ち着かない。

授業の内容がほとんど頭に入らないまま休み時間になると、すぐに理紗が席を立った。

「私が届けるから」

そう言って机の横にかけてある二人の鞄を持った。

「美琴も行こう」

「私も？」

「うん、これ持って」

美琴は吉見君の鞄を私に差し出した。私がそれを受け取ると、「あとでどうだったか教えろよ」というクラスメイトの声を背に、二人で急いで保健室へ向かった。

二人一緒に怪我をしたというのが気にかかるけれど、鞄を届けるだけでいいならきっとたいしたことないはず。それでも顔を見るまでは安心出来なくて、大きな不安が胃を締めつける。

保健室は一階にある。早歩きで廊下を抜け階段を下りると、足が少し震えているのが分かった。鞄を抱えながら転ばないように、けれど急いで階段を下りる。職員室を越えると保健室のプレートが見えてきて、その頃には二人共小走りになっていた。保健室に着くと、ドアの前で一旦立ち止まる。

私は鞄を胸の前で抱えながら深呼吸をした。隣に立っている理紗も同じ気持ちなのだろう、顔が少し強張っている。

「じゃあ開けるよ。失礼します！」

理紗がノックをしてドアを開けると、右側にある白いカーテンがフワッと揺れた。

「あ、荷物持って来てくれたの？」

白衣を着た養護の先生が、眼鏡《めがね》のフレームを軽く持ち上げて私達に視線を向ける。

「はい。あの、二人は？」

「ここ」

先生はそう言ってカーテンを掴み、シャーっと音を立てながら一気に開いた。

「ほら、クラスの子が鞄持って来てくれたよ」

ドクドクと心臓が激しく脈打つ中、私は鞄を抱えたままベッドに近づいた。理紗も同じように前へ進む。

「悪いな、鞄ありがとう」

右側のベッドに横になっている渡辺君が、私達に向かって手を振った。けれど左目と頬を腫らしたその顔を見た瞬間、驚きで息が止まりそうになり、私はすぐに左側のベッドに視線を移す。

「……っ」

口は開くけれど声は出ず、膝がガクガクと震えた。

「雪下さんが持って来てくれるなんて思ってなかったな。ありがとう」

その声を聞いた途端、私は布団から出ている吉見君の腕を強く掴んだ。

「なにやってるの!?　なんでこんなことに？　というか、なんでそんなに普通に喋ってるのよ！」

理紗が言う前に、勝手に私の口がそう叫んでいた。今まで決して出したことのないような声を張り上げると、目に涙が溜まってくるのが分かった。それを必死に堪えながら、唇を強く噛む。だって、怪我をするなんて。いくらそんなに酷くなかったとしても、ベッドで横になっていなきゃいけないのは私だけでいい。他の人の……吉見君のそんな姿は見たくない。

「あ、ご、ごめん。心配してくれてるってことだよね……」

「あたり前でしょ!?　本当に心配したんだから！　今も心配してるし！」

再び震えを帯びた声でそう言うと、先生が私の肩に手を置いた。

「この顔見たら、誰だって心配するよね」

その声にようやく冷静さを取り戻すと、理紗も渡辺君も口を開けたまま唖然として私を見つめている。自分がなにを言ったのか思い出すと急に全身が熱くなり、そのまま逃げ出したい気持ちになった。私はすぐに吉見君の腕から手を離し、ベッドから遠ざかるように理紗のうしろに回った。

吉見君の腫れ上がった左目にはガーゼが当てられていて、両頬も赤く、唇の端には血が滲《にじ》んでいる。そんな吉見君の顔を見た途端、心臓がえぐられたような気持ちになった。それなのに本人はとてもあっけらかんとした口調で『ありがとう』なんて言うもんだから、つい勢いに任せて言ってしまったことを今もの凄く後悔している。恥ずかしくて顔を上げられない。

「私が言おうと思ったこと、全部美琴が言ってくれてよかった。さぁ、どういうことか説明してもらおうか！」

刑事のように二人に詰め寄る理紗に、渡辺君が経緯を話してくれた。

サッカー部の先輩から部室の前に呼び出され殴られたのだけれど、その理由はとても納得出来ることではなかった。一年生の頃から活躍している渡辺君を先輩は良く思っていなかったらしい。先輩は練習も真面目に参加せず、そのくせ偉そうに下級生をこき使っていたため一度渡辺君が注意したのだけれど、それが気に入らなかったのだと。単なる逆恨みだった。

「先生でも通りかかってくれたら助かったかもしんないけど、まーあの場所じゃ無理だよな」

私は部室の場所を知らないけれど、どうやら偶然誰かが通りかかるような場所ではないらしい。相手が一人だったのが不幸中の幸いで、もし人数が沢山いたらこのくらいの怪我だけでは済まなかったかもしれないと渡辺君は言った。

「酷い話。自分が悪いのに。ていうかでもさ、なんで大和より彰の方が顔酷いの？」

見下ろしながら理紗が吉見君の頬を突っつくと、吉見君は「痛っ！」と悲鳴を上げた。それを見て渡辺君は笑っている。

「彰はさ、どうやら俺を助けようとしてくれたらしい。俺が殴られそうになるとわざと先輩の前に立ったりして」

「彰が⁉」

理紗が驚いて吉見君の顔を覗き込む。私も少し驚いて吉見君に視線を向けた。

「だから助けようとしたわけじゃねーって言ってるだろ。なんも考えてねーし、たまたまだよ！」

そう言って布団を頭までかぶった吉見君に、私はクスッと微笑んだ。昼休みにトイレに行くと言って席を立ったのも、もしかしたら渡辺君を探しに行ったのかもしれない。そう思うと吉見君はとても不器用で、でもとても優しい。

「彰が助けるなんてねー。かっこいいことするじゃん」

からかうようにそう言って布団を剥《は》いだ理紗、渡辺君はその姿を見て爆笑している。

私もつられて笑いそうになった。

「うるせーって。もういいから早く行けよ、授業始まるぞ」

「言われなくても行くよ。傷残っちゃうかもしれないから、ちゃんと二人で病院行きなよ！　行こうか、美琴」

「うん」

ドアの前で振り返り吉見君を見ると、吉見君は痛そうな唇を少しだけ上げて「その、雪下さん……ありがとう」そう言って笑ってくれた。私は無言で首を横に振り、保健室を出た。

廊下を歩きながら胸に手を当てると、激しい心臓の鼓動が伝わってきた。

心の奥にある小さな気持ちが、高鳴る心臓の音と共に少しずつ膨れ上がるのを感じて、切ない気持ちが込み上げてくる。風に揺さぶられる木々のように心が激しくざわめいて、苦しくて、痛い……。

こんな気持ち、いらなかった。私には必要ない。ただ苦しくなるだけだと分かっているのに、心の中の本音が音を立てて必死に私に伝えてくる。

吉見君に、惹《ひ》かれているのだということを……。

最後の瞬間

どこを向いても全員がジャージ姿というのもかなり新鮮で、どこからともなく聞こえてくる歓声に自然と気持ちが高まる。テストが終わって一週間後の今日、学校では球技大会が行われている。出場しない私も紺色のジャージ姿でクラスの応援に参加していた。

「惜しかったね」

「うん。すっごい悔しい！」

「でも理紗もみんなも頑張ってたよ」

理紗が出場したバレーボール、うちのクラスは惜しくも二回戦で敗退してしまった。二人で体育館の隅に座り、理紗は悔しそうにタオルを握り締めている。負けてしまったのは残念だけれど、見ている私も思わず声が出そうになるくらいの接戦だった。

「はぁー、悔しいな。優勝したかったー」

天井を見上げながら壁にもたれかかった理紗の頭に、私はぽんぽんと優しく手をのせる。

「美琴も応援ありがとね。いつまでも悔しがっててもしょうがないよね、今度は私も応援頑張らなきゃ。えっと、次は……」

私が対戦表をポケットから取り出し二人で確認をすると、時間的に次は男子のサッカーが始まる頃だった。

「サッカーだ、行こう美琴」

体育館では次の試合が始まっていて、歓声が響いている。理紗が私の腕を掴んで立ち上がらせてくれ、急いで体育館を出た。上履きから靴に履き替え校庭に向かうと、既にコートの周りにはギャラリーがいっぱいいいた。

「まだ始まってないのに凄い人だね」

「クラスの応援だけじゃないね、これは大和効果かも」

腕を組み、ギャラリーをぐるっと見回しながら理紗が言った。

「渡辺君？」

「大和はモテるから、ファンも沢山いるんだと思うよ。美琴は大和のことかっこいいと思わない？」

「え？　あぁ、言われてみればそうだね。イケメンかも」

渡辺君をそういう目で見たことがないからか、かっこいいとか考えたことがなかったけれど、よく見たらコートの周りには確かに女子の数が多いなと感じた。

「美琴は変わってるよね。あの二人が並んでたら絶対みんな大和の方に目がいくのに」

「え？　ちょっと、変なこと言わないでよ」

私が理紗の肩を叩くと、理紗は悪戯っぽく笑って見せた。思い切り否定するのも逆に必死に言い訳をしているような気がするから、私は「そんなんじゃない」とだけ言ってわざと頬を膨らませる。

「ごめんごめん、美琴が可愛いからちょっとからかっただけだよ。あ、あそこにいるじゃん」

理紗が指を差した先、コートの外で見覚えのある顔ぶれが輪になって座っている。私は気を取り直し、理紗と一緒にみんなの所へ向かった。

「もうすぐ始まる？」

理紗の声に、輪になっていたクラスの男子が数人こちらに視線を向ける。吉見君も輪の中にいたけれど話に集中しているのか、私達には気付いていない。輪の中心には渡辺君がいて、砂になにかを書いているようだった。作戦会議中だろうか。そして輪の周りには競技が終わって応援に来た他のクラスメイトも集まっている。

「そろそろ始まるらしいから、応援頼むぞ」

渡辺君がそう言って立ち上がると、他の出場メンバーも立ち上がり、それぞれ足首を回したりストレッチをしていた。吉見君はというと、少し離れた所で屈伸をしている。私はみんなのうしろを通って吉見君の側に近づいた。

「頑張ってね」

うしろからそう囁《ささや》くと、吉見君は驚いたのか、ビクッと一瞬体を弾ませて振り返った。

「あ、雪下さん。応援来てくれたんだ」

「うん。応援するから頑張ってね。渡辺君がいるからってボーっとしてたらダメだよ」

「あっ、バレてた？」

歯を見せて笑う吉見君に、私も微笑み返す。理紗は汗を流しながら本当に一生懸命頑張っていたから、吉見君にも頑張ってほしい。昔は私も理紗と同じで運動が好きだったから、参加出来ないことがとても寂しいけれど……。

「私の分まで、頑張ってね」

「おう！　雪下さんが応援してくれるなら、頑張ってみるよ。下手だと思うけど」

「上手い下手なんて関係ないよ。どれだけ頑張ったかが大事なんだから」

頑張ることをやめた私がなにを言っているんだと思ったけれど、同じように頑張らなくなった吉見君には、私のようになってほしくなかった。だって吉見君は、これからも生きられるのだから。勝ち負けじゃなくて、頑張れば頑張った分だけきっと自分にプラスになる。

全体が見えるようにコートの真ん中の線辺りに移動すると、笛の音を合図に試合が始まった。女子の声がそこらじゅうから聞こえてくる。これが渡辺君の力というわけか。凄いな。

相手チームも加えると沢山の生徒がコートに散らばる中、私は吉見君を探した。隣にいる理紗は大声で声援を送っている。

サッカーのことはあまりよく分からないけれど、渡辺君が上手いということだけはなんとなく分かった。どうやったらああなるのか、足元で上手にボールをコントロールしながらパスをしたりドリブルをしている。そして試合が始まって数分後には渡辺君がゴールを決めていた。割れんばかりの歓声が広い校庭に響く。

私は見失いそうになりながらも必死に吉見君を目で追った。隅の方で大人しくしてるなんて言っていたけれど、吉見君はちゃんと走っていた。真剣な目つきでボールを追い、パスが来たら取られないようにと周りを見ながらパスをして。今まで見たことのない吉見君の頑張っている姿に、少しだけ胸が高鳴った。頑張れって、そう叫びたくなる気持ちを抑えながら、両手を胸の前で握った。

「もうすぐ前半終わるよ」

「もう？　なんか早いね」

理紗にそう言って再びコートに視線を戻した時、相手の生徒がちょうどゴール前でパスを受け取っていた。そしてそのボールを取ろうと吉見君が足を伸ばした……次の瞬間、相手の生徒が倒れ込み、足を押さえている。

あっという間に他の生徒達が倒れた生徒を取り囲み、ここからでは吉見君の姿もよく見えない。グッと両手を握りながらその様子を見ていると、二人の生徒が倒れた生徒の両脇を抱えてコートの外に運んだ。

顔を歪《ゆが》ませて足に手を当てている生徒の横で、吉見君は何度も何度も頭を下げていた。どうしてなのか、張り詰めたような表情の吉見君を見ていると不安で胸が押し潰されそうになる。

「大丈夫だよ。わざとじゃないんだし、きっと大丈夫」

私の気持ちを悟ったのか、理紗がそう言って私の背中を優しく擦《さす》った。

その後先生が来て、倒れた生徒と吉見君は校庭を離れた。試合は続いたけれど、結局うちのクラスは渡辺君も含めて集中力をなくし、二対一で負けてしまった。

試合が終わると、私と理紗は渡辺君と一緒にすぐに校舎に戻った。保健室に入ると、転んで擦り傷を負った女子生徒が消毒をされている最中だった。

「先生、あの、サッカーで怪我した奴と彰は？」

「さっきの？　あの子なら先生が付き添って病院に行ったの。骨が折れてることはなさそうだけれど、念のため。彰っていうのは……吉見君よね？　彼ならもう戻ったわよ」

「戻ったってどこに?」

「どこって、体育館か校庭か……でも吉見君、最後まで自分も一緒に病院に行くって言ってたの。だけど彼が病院に行っても仕方ないし、とりあえず戻りなさいって言ったけど」

渡辺君の質問に先生がそう答えると、私達は顔を見合わせた。怪我した生徒はもちろん心配だけれど、吉見君のことも心配だという気持ちは、理紗も渡辺君も同じなのだろう。

「じゃあ俺は校庭にもう一回行って校舎の周り探すから、理紗は体育館に行って、雪下さんは教室を見て来てくれるか?」

保健室を出ると、私達は渡辺君の指示通りバラバラになってそれぞれの場所へ向かった。

二階へ上がると、廊下には歩いている生徒が何人かいるけれど、通常の授業の日よりも静かだと感じた。ほとんどの生徒が校庭か体育館にいるからだろう。一組も二組も、教室には誰もいない。

三組の前に着き中を覗くと、窓際の一番うしろの席で机に顔を伏せている吉見君を見つけた。

「吉見君」

側に寄って声をかけると吉見君は伏せていた顔をゆっくりと上げて私を見たけれど、その目はすぐに窓の方へと向けられる。

「もうすぐ男子のバスケの試合が始まるみたいだけど」

無言のまま、なにもない校舎の壁を見つめている吉見君。話しかけてもこうやって黙り込んでしまう吉見君を、私は初めて見た。

「……大丈夫？」

もう一度声をかけると、前を向いた吉見君は唇を固く結び、顔には後悔の色が表れているような気がした。

「保健室で聞いたけど、相手の人、骨が折れてるとかじゃないって言ってたし、それにわざとじゃ……」

「選手だったんだ……」

「えっ？」

「俺が怪我させちゃった奴バスケ部のキャプテンで、来週試合があるんだ」

表情を曇らせ俯く吉見君を見ているだけで、心に悲しみが湧くのを感じた。吉見君の痛みが、私の胸にも刻まれていく。

「あんなに痛がっていたんだ、多分試合には出られない。下手なくせに、はりきって余計なことしたから。頑張っちゃったから……」

「違うよ！　吉見君は確かに怪我をさせてしまったかもしれないけど、でもそれは余計なことをしたとかじゃなくて……」

　言いたいことが最後まで言葉に出来なくて、涙が溢れそうになるのを必死に堪えた。私が泣いてもなんにもならないのに、後悔している吉見君に上手く声をかけてあげることも出来ない。

「なんで雪下さんが泣くの？　雪下さんはなにも……」

「私が言ったから。私が、吉見君に頑張れなんて言ったから……。普通のままでも吉見君は吉見君だったのに、私が無理に」

「そんな、雪下さんは悪くないよ。俺、嬉しかったんだ。頑張れって言ってくれて、心の底から頑張りたいって思えた。悪いのは無茶をした俺なんだ。だから、泣かないで」

　吉見君はそう言ってくれたけれど、こんなことになるなら頑張れなんて言わなければよかった。

「彰！」

　なにも言えずに俯いていると、教室の入口に理紗と渡辺君が立っていた。沢山走ったのか、二人共息が乱れている。

「ここにいたのか、探したぞ」

渡辺君が吉見君の肩に手をのせると、吉見君は再び机に顔を伏せた。

「次はバスケの試合、始まるんだろ？　俺はいいから、応援行けよ」

吉見君の言葉に大きくため息をついた渡辺君は、自分の席に座り伏せている吉見君の顔を両手で掴んで無理やり上げた。

「先輩に殴られた顔、目の傷以外はだいぶ良くなったな」

「なんでぃやお、ふぁなせ……ほまへ」

頬を両手で思い切り挟まれている吉見君、それを見た理紗がプッと噴き出した。

「それにしても……ぶっさいくな顔だな」

「やめろって！」

吉見君が手を振り払うと、眉根を寄せて渡辺君を睨む。それなのに、理紗と渡辺君は笑っていた。私はその様子をただジッと見ていることしか出来ない。

「なにいじけてんだよ。自分のせいで怪我させたとか、そう思ってんのか？　だっせー悲劇のヒーローだな」

「うるっせーな！　実際そうだろ！　あいつのことはよく知らないけど、部活は真面目にやってたみたいだし、もし怪我が酷かったら」

渡辺君はまた大きくため息をついて窓に寄りかかり、頭のうしろに手を回した。

「先生に聞いたよ。折れてもいないしヒビも入ってない。捻挫だって。次の試合は出られるか分かんねぇけど、すぐに治る」

その言葉を聞いた吉見君は吐息を漏らし、目に安堵《あんど》の色を少しだけ浮かべたように見えた。同時に私の固くなった体も、徐々にほぐれていく。

「だ、だけど、怪我は怪我だろ！　試合に出られなかったら、それは俺のせいで」

「あのなー、お前のせいだからなんなの？　お前がそうやって落ち込んで暗くなってれば、あいつの怪我が治るわけ？」

「そうじゃないけど、でも……」

「あの場合、俺がもし相手の奴と同じ立場だったとしたらお前が悪いなんて思わねぇよ。そこまで危険なプレーじゃなかったし、ましてや悪意があったわけでもない。こう言っちゃなんだけど、仕方ないって思っただろうな。一年の時の体育祭だったかな、俺だってリレーの時に相手のかかと踏んじゃって怪我させたことあるぞ」

「大和が？」

「ああ、覚えてないのかよ。今だって、転んで擦り傷作ったり突き指したり、ぶつかって怪我したり、そういう奴らがいるだろ。勝ちたいと思ってやったら、そうなることだってある」

渡辺君の隣で、理紗は「うんうん」と何度も頷いていた。私は、話を聞いている吉見君の表情が少しずつ変化していることに気付いていた。それは、私には決して出来なかったことだ。励ましたいのに、元気を出してほしいのに、私はなにも出来なかった。

「学校の行事なんて適当にやってた彰が、今日は必死に頑張ったってことだ。とりあえず、明日もう一回謝りに行こう。お前が落ち込んでたって、雪下さんが心配するだけだぞ」

「え、私は……」

「そうだよ。美琴に心配かけないでよね」

「私は別に」

吉見君は突然立ち上がり、困惑している私に向かって「ごめん」と言って頭を下げた。

「なんで？　私はなにも」

「俺がこんな顔見せたから、雪下さんに自分のせいだなんて思わせちゃって、ごめん。雪下さんは本当になにも悪くないから。頑張れって言われて初めて高校の行事で頑張ったら、なんか少し気分が良かったんだ。勝ち負けにこだわったことなんてないのに、初めて勝ちたいって思った。結果的に相手に怪我させちゃったのは、全部自分の責任だから」

「吉見君……」

教室の中が一瞬静まり返ると、窓の外から賑やかな声が聞こえてきた。

「よし、んじゃバスケの応援行こうぜ」

「分かった。つーか、お前やっぱイケメンだな」

「だろー？」

そう言って渡辺君が吉見君の肩に手を回すと、吉見君は「離せよ」と言いながら無理やり引っ張られるようにして教室を出て行った。私はふーっと息を吐き、理紗に視線を向ける。

「私、結局吉見君になにも言ってあげられなかった。あんな顔で落ち込んでる吉見君を初めて見たのに、私は……」

「なに言ってんの！」

理紗は私の背中を軽く叩き、零れるような笑顔を向けた。

「頑張ってる彰、ちょっとかっこ良くなかった？」

「えっ？　うん」

「あれは、美琴がそうさせたんだよ」

「私が？」

「私が彰にちゃんと真面目にやれ、頑張んなよって事あるごとに言ってもダメだったけど、美琴の頑張れの一言で、彰は頑張ったんだよ。美琴がそうさせた」

私が吉見君を……。ただ頑張ってほしくて言った一言だけれど、それが吉見君の頑張る力になれたということなのだろうか。そうだとしたら、いずれいなくなってしまう私でも、自分の未来に希望がなくても、誰かのためになら出来ることがあるのかな。

もっと、吉見君のことが知りたい。もっと沢山話したい。そして、私のことも知ってもらいたい。春が来たら、クラスがバラバラになってしまうかもしれない。それ以前に、もう二度と会えなくなるかもしれないのだから……。


球技大会が終わり二月も下旬になったこの日、私は病院に来ていた。二階まで吹き抜けになっている一階の広いスペースには沢山の白い椅子が並べられていて、椅子の前には受付と電光掲示板がある。椅子に座って十五分が経過した頃、私が持っている番号札の数字が電光掲示板に表示された。目の前にある自動精算機で会計を済ませると、平日だというのに人で溢れ返っている病院を後にした。

毎日寒いから、体調を崩す人も多いのかもしれない。あの中に、私のように長く生きられない人はいたのだろうか。

病院から自宅までは歩いて五分。病院の前の通りから真っ直ぐ進み、二つ目の信号を左に曲がるとすぐに茶色いマンションが見えてくる。マンションの前に着いた私は自宅のある五階を見上げると、そのまま中へは入らず再び歩き出した。

図書館に入ろうかと思ったけれど、なんとなくまだ外の空気を吸っていたかった私は公園のベンチに座る。図書館の時計は十五時半を指していた。寒いからか、目の前の遊具で遊んでいる子供はいない。

背もたれに寄りかかり左側に視線を向けると、一本だけ立っている木の枝の先が少し膨らんでいた。転校二日目で初めてこの場所に座った日の夜、この木が桜の木だということを父から聞いた。この広い公園の奥には沢山の桜の木が並んでいるらしい。春に向けて、桜の木もそろそろ花を咲かせる準備を始めているのかな。

でも、どうしてこの木だけがこの場所にポツリと立っているのだろうか。他の木から離れて一本だけ取り残されているのが、なんだか寂しそうに見える。ほんとはみんなといたいのになんで自分だけ……って、そう言っているみたいだ。

球技大会が終わってからは、これまで以上に吉見君とは沢山話すようになった。放課後どこかへ行くとかそういうのではないけれど、休み時間や時々授業中にも、教室の一番うしろの席でコソコソと二人で話をするのがあたり前になってきた。

バレンタインには理紗は吉見君に義理チョコを渡していたけれど、私は渡さなかった。理紗からは絶対あげた方がいいと散々言われたけれど、そこまでの勇気はなくて。でもやっぱり、理紗の言う通りにしておけばよかったかなと今になってそう思う。来年はきっと、渡せないから。

ため息をつくと、口元まで上げたマフラーから白い息が漏れる。授業はもう終わっている時間だから、理紗と渡辺君は部活に行っている頃だろうか。吉見君は、もう電車に乗ったのかな。

「よぉ！」

突然目の前に現れた人物に驚いた私は、体をうしろに少し反らしてはっと息を飲む。

「ビックリした。どうしたの？」

「図書館に行こうと思ったら雪下さんのうしろ姿が見えたから。ここ座っていい？」

吉見君はベンチを指差し、私の隣に腰かけた。

「今日休みだったけど、風邪？」

「ううん、違うよ」

「だよな。風邪だったらこんな寒空の下に座ってるわけないか」

「うん……」

「桜、今年はいつ頃咲くかな」

左側に立っている木を見上げながら、吉見君が言った。私はそんな吉見君を見つめた後、自分の足元に視線を落とす。

「今ね、病院に行ってたの」

「病院？」

「うん。それでね、明日から一週間くらい入院するんだ」

「入院？　どこか具合悪いの？」

吉見君は、また私が病気だということを忘れているみたいだ。そういうところが、私にとってはなんだか安心出来るのだけれど。

「まぁ、具合悪いっていうか……検査とか色々ね」

「そっか。でも大丈夫なんだよな？」

「……うん」

今はまだ、大丈夫……。

吉見君も理紗も渡辺君も、私の病気のことを聞いてきたことは一度もない。普通なら気になるはずなのに、どうして聞いてこないのかずっと気になっていた。そしてもし聞かれた時、私はどう答えるのだろうとずっと考えていた。適当な嘘をつくのか、それとも全てを正直に話すのか……。

「一週間もいないなんて、寂しいな」

吉見君が小さくそう言った。私にとっては一週間の入院なんてどうってことない。そう思っていたけれど、今はみんなに会えないことが少し寂しいと感じてしまう。こんな気持ちになってしまうことが、私にとってはとても苦しい。

「そうだ、雪下さんさ、桜祭りって知ってる？」

「桜祭り?」

「三月下旬頃に毎年開催される結構有名なお祭りなんだけどさ、向こうの広場が満開の桜で一面ピンクになるんだ」

池の奥に見えるまだ咲いていない桜の木を見つめた。あれが全部咲いたら、綺麗だろうな。その時には、みんなから離れてしまったこの桜もちゃんと咲くのかな……。

「あのさ、雪下さん。もしよければ、一緒に行かない?」

「行くって?」

「今年の桜祭り、一緒に行こうよ」

なにを言われたのか頭の中で考えた私が、少し遅れてその意味を理解した瞬間、心臓がどきりと音を立てた。

「実は俺、一回も行ったことないんだ。混んでるの好きじゃないし、花見とかなにが楽しいのか分かんなくて。でも、雪下さんとだったら行きたいなって、そう思ったから」

私は俯いたまま、スカートをキュッと握った。このまま、なにも話さないままでいいのだろうか。桜祭りに行って、三年生になって、誰にも言わないまま突然いなくなったとして、吉見君はどんな気持ちになるんだろう。どうして言ってくれなかったんだって、怒るのかな。

もしも逆の立場だったら、私は……。

「あのね、吉見君」

「ん?」

「私、言ってないことがあるの」

二人の間に冷たい風が流れると、私は顔を上げて真っ直ぐ吉見君に視線を向ける。

「私、死ぬの。このままだと手術も出来なくて、どんどん病気が進行していって、あとは死ぬだけ」

余命を宣告しないと決めたのか、どれくらい生きられるのか聞いても親や先生はハッキリとは教えてくれない。けれど今は便利な世の中になっていて、医学の知識がなくてもスマホがあればある程度は調べられる。病名や検査の結果、時々悪くなる自分の体調を考えたら多分……一緒に卒業することは出来ない。

吉見君は口を開けたまま私を見つめ、凍りついたように動かない。

「本当のことだよ。驚かせてごめんね。隠してるのが、苦しくなっちゃったから……」

そう言って私は吉見君の前に立った。なにか言いたいけれど言葉が見つからないのだろう、開いた口を僅かに動かしながら黙って私を見上げる吉見君。

冗談だよって言えたら、どんなにいいか。私は悲しみを含んだ微笑を唇の端に浮かべ、吉見君から目を逸らす。そして言葉が出ない吉見君を残し、公園を後にした。

病気といってもまさか死ぬなんて思わなかったのだろう。驚いて当然だし、頭の中も混乱するに決まっている。けれど次に会った時、吉見君はなにを思うのだろうか。私になんて言うのか、それを考えると、怖くて眠れなかった。

入院してちょうど一週間が経過したけれど、今回は個室ではないからか、以前入院した時よりも気持ちは少し落ち着いている。ベッドの周りはカーテンで覆っているけれど、狭い部屋に一人でいるより大部屋の方がずっといい。誰かの声やテレビの音が微かに聞こえるだけで、寂しさが半減するから。入院する前に図書館で本を借りたけれど、それももうすぐ全部読み終わってしまう。ここにいるとやることがないから、十冊なんてあっという間だ。

予定では今日退院のはずだったけれど、担当の先生からもう少し延びるかもしれないと言われてしまった。みんな、元気かな。理紗は学校での出来事や部活のことなど毎日メールをくれるけれど、その内容は入院する前とあまり変わらない。だから多分、吉見君は話していないんだろう。私が死ぬと言ったことを、誰にも。

「美琴ちゃん、気分はどう？」

カーテンを開けて入って来たのは、二年前に初めて入院した時からお世話になっている看護師さんの一人だ。

「大丈夫です」

病棟には毎日沢山の看護師さんが交代で働いているけれど、何度も入院や日帰りの治療を続けているうちに、気付けばほぼ全員の名前と顔を覚えてしまった。点滴の様子を見ながらなにかを書き込んでいる華奢《きゃしゃ》で小柄で可愛い山村《やまむら》さんは、明るくてとても話しやすい。初めて入院した時、怖くて寂しかった私の話し相手にもなってくれた人だ。山村さんに限らず、病棟の看護師さんはみんな優しい。忙しいのに、私の気持ちが沈んでいる時は必ず声をかけてくれるし。

「気分悪くなったりしたらすぐに言ってね」

「うん」

「カーテン開けないの？　今日は天気いいよ」

「あーうん、いいの」

窓の外の景色を見ると余計にみんなに会いたくなってしまう気がするから。

「じゃあまた検温の時に来るからね」

「はい」

「あら、お友達かな」

山村さんがベッドから離れ、さっきまで読んでいた文庫本を再び手に取ろうとした時、カーテンの外から話し声が聞こえた。隣のベッドに入院している人のお見舞いかな。毎日色んな人が来ているようだし。

「はい。お見舞いに来ました」

けれどその声を聞いた途端、私は開いていた文庫本を閉じてテレビ台の上に置いた。姿は見えないけれど、その声には聞き覚えがあった。まさかそんなはずはないと思うけれど、私は枕の横に置いてあるスマホを顔の前にかざす。鏡くらい用意しておけばよかった。スマホを鏡代わりにして自分の顔を見つめると、あまり眠れていないから目が腫れてる気がする。適当に結んでいたゴムを取っていると、再び声が聞こえてきた。

「雪下さん。俺、吉見だけど」

やっぱり吉見君だった。入院するとは言ったけれど、まさか来てくれるなんて思っていなかったから心の準備が出来ていない。

「入っていい？」

うろたえてみてもカーテンの外にはもう吉見君がいるのだから、入るなとは言えない。私はベッドの手すりにかけておいたカーディガンを急いで羽織った。

「……いいよ」

吉見君はカーテンを少しだけ開け、中を覗いた。

「勝手にお見舞い来ちゃってごめん」

「いいけど……。どうして？」

「雪下さんの家に電話したんだ」

「家に？　あ、こっち座っていいよ」

ずっと私の足元に立っている吉見君に、ベッドの隣にあるパイプ椅子に座るよう促した。

「家に電話したの？　どうして？」

「お見舞いに行っていいか確認した方がいいと思って。どこの病院だかも分からない

し」

「そうなんだ。お母さん、なんか言ってた？」

「嬉しいって言ってた。新しい学校で友達が出来たことが嬉しいって」

「そっか……」

お互い目を合わせず、俯いたまま訪れる沈黙。学校で話す時は緊張なんてしないの

に、今はなにを話せばいいのか分からない。私のことをどう思っているのか考えるだ

けで、怖くなる。やっぱり死ぬなんて、言わなければよかった。

「あのさ、雪下さん」

顔を上げると、吉見君は一度唇を強く結んでから私に視線を合わせた。

「聞きたいんだ。雪下さんの病気のこと。突然死ぬって言われて、頭は回らないし正

直なにも考えられなかった。だから教えてほしい。雪下さんのことを、もっとちゃんと知りたいから」

　話したからといってどうなるわけでもないし、現状はきっとなにも変わらない。話すことで吉見君も自分も辛くなるかもしれない。でも私の病気のこと聞いても尚、『ちゃんと知りたい』と言ってくれたのは吉見君が初めてだった。今まで自分の口から友達に全てを説明したことなんてないしそんな機会も訪れなかったけれど、吉見君には知っていてもらいたい。私のことを、知ってもらいたいと思う。

「中学三年の時にね、体調が悪くなって病院に行ったの。それから……」

　病名はもちろんのこと、一つ一つ今までのことを思い出しながら吉見君に全てを話した。病気のことを先生の口からクラスメイトに伝えてもらってからは、友達からの連絡がだんだん減っていったことや、前の高校では一人も友達が出来なかったこと。それに転校が決まった時、新しい高校ではずっと一人でいたいと思っていたことも。

「私、時々土曜に授業を休むことあったでしょ？　金曜日の夕方、週に一回病院で治療してるんだけど、時々副作用が酷くて。だからそういう時、週末はずっと家で寝てるの」

「そっか……。あのさ、ごめん。俺、上手な言い方とか分からないからそのまま聞くけどさ、絶対に治らないの？　ほら、手術とかで」

「今のままだと、手術は出来ないんだって。状態が変われば可能性はあるけど、でももし万が一手術が出来たとしても、ずっと生きていられるかどうかは分からない」

話している間はずっと目を合わせていたけれど、今初めて吉見君は私から視線を逸らして俯いた。こんな話聞いたら、なんて言っていいのか分からなくなるのは当然だ。なにも言えなくなるに決まっている。

今この瞬間吉見君にとって私は、少し病弱な転校生からもうすぐ死んでしまう人に変わってしまった。

でも、これで良かったんだ。あのままだったら、私はきっと吉見君を好きになっていた。普通の高校生として、普通に恋をしてしまっていたと思う。そうなっていたら、自分の運命を受け止められなくなってしまうから。もうとっくに諦めていた未来を、夢見てしまう気がするから。

「俺病気のことはよく分からないし、こんなこと言っちゃいけないのかもしれないけど、でも言わせてほしい」

そう言って吉見君は顔を上げ、私を見つめた。

「俺、雪下さんは死なないと思う」

「……え？」

「また適当になにも考えないで言ってると思うかもしれないけど、瞬間的にそう思ったんだ」

　吉見君がなにを言っているのか分からなかった。私の話を聞いていなかったのかと疑ってしまう。

「だって、今のままだったら手術は出来ないってことなんだろ？　ということは今後手術が出来る可能性だってある。それに、ずっと生きていられるかどうかも分かんないってことは、生きていられるかもしれないってことだ」

「なに言ってるの？　私の話、聞いてた？」

「あぁ、聞いてた。それで今考えて、そう思った」

　その言葉は、ふざけているとしか思えなかったけれど、吉見君の私を見る目はとても真剣だった。真っ直ぐに、一生懸命自分の思いを伝えようとしている。でもいくら吉見君が真剣にそう言ってくれても、その気持ちに応えてあげられない現実が私には待っている。

「そう思いたいのかもしれないけど、実際はそんなに都合良くいかないの。私の体なんだから、私が一番よく分かってる。クラスメイトがもうすぐ死ぬなんて聞かされたら嫌かもしれないけど、それが現実……」

「雪下さんが死ぬなんて嫌に決まってるだろ！　だから俺は、死なないって信じてる」

「信じてたって、無理なものは無理なんだよ！　信じてれば叶《かな》うなんて、そんなのただの幻想なの！」

私だって、最初は信じてた。そのうち手術をすることになって徐々に良くなるんだって、そう信じてた。でも現実は違う。希望を持ったところで、意味なんてない。なにも変わらない。だから私には、友達が出来ることも学校が楽しいと思うことも、誰かを好きになることも……必要なかった。必要ないと思っていたはずなのに……。

「雪下さんが信じなくても、俺は信じる。雪下さんは絶対死なないって。俺、なにもしてあげられないかもしれないけどさ、雪下さんのために頑張りたいんだ」

「吉見君が頑張ることなんてなにも……」

「俺さ、中学は受験して兄貴と同じ所に入る予定だったんだ。でも失敗した。あの時のガッカリした両親の顔を見た時、あー俺はもうきっとダメなんだ、どんなに頑張っても兄貴みたいにはなれないって思った。だから俺は、頑張ることをやめたんだ」

中学に入った頃から吉見君が変わってしまったと言っていた理紗の話は、そういうことだったのだとこの時初めて知った。

「楽しんでいるふりして、本当はなにも楽しいことなんてなかった。頑張る意味も分からないし、夢や希望も当然ない。そんなふうに適当に生きてきたはずなのに、今は頑張りたいって思ってる。どうしてだか分かる？」

「……」

「雪下さんに出会えたからだよ。雪下さんが転校して来た時から、なぜかずっと雪下さんのことが気になってたんだ。学校で雪下さんと話すのが楽しくて、もっと知りたいって思って。勉強とか部活とか夢とかそういうのじゃないけどさ、俺にとっての頑張る理由は雪下さんなんだって今ハッキリ気付いた」

吉見君にとって、私が？　理解しようと思っても、気持ちが追いついていかない。たった今、私は死ぬんだって伝えたはずなのに、死んでしまう私が吉見君にとっての頑張る理由だなんて、有り得ないと思った。けれど吉見君は、真剣な眼差《まなざ》しで少しも表情を変えないまま言葉を続けた。

「俺に出来ることがあれば、なんでもする。雪下さんが未来を信じられるようになるなら、なんでもするよ」

手の甲に、ポタポタと滴《しずく》が零れ落ちる。気付いた時には、溢れ出る涙を止められなかった。どうして、死んでしまう私のために、なんで、そこまで言ってくれるのか分からない。でも吉見君になら、言えると思った。たった一つの、私の願いを。

優しくなんてしなくていい、気を使ってくれなくてもいい、私が友達に望んだことはただ一つだけだった。

「私……普通でいたい。今まで通り、教室で……普通に話がしたい。友達とくだらない話をして沢山笑って、普通に過ごしたい」

一人でいた方がいいなんて、全部嘘なんだ。本当は、自分が病気だということを忘れてしまうくらい、普通に学校生活を送りたかった。友達もいて好きな人もいて、いつか訪れる最後の瞬間まで、そうやって生きていきたいって思ってた。

「そんなの、あたり前じゃん。これからもずっと、俺は前に言った通りなんの取り柄もない普通の男だし、理紗は毎日雪下さんとお弁当を食べるだろうし、大和はイケメンリア充だし、雪下さんはずっと雪下さんだ。なんにも変わらない」

「吉見君……」

「雪下さんが転校してきて隣の席に座ったこと、俺にとってそれは奇跡なんだ。奇跡はきっと奇跡を呼ぶ」

「奇跡……」

「だから、学校で待ってるよ」

どうしよう……私、死にたくないよ。頑張っても運命はきっと変えられない、今が楽しければ楽しいほど死ぬのが怖くなる。だから私は全部を諦めた、希望なんて持たないと決めていたのに、なんで……どうして。

早く学校に行って理紗と一緒にお弁当が食べたい。

一番うしろの席で、また吉見君と他愛のない話をしたい。

奇跡を信じたい。生きていたい……。そう、強く願ってしまう。

数値がなかなか良くならなかったことと私の体調があまり良くないこともあって、予定よりも随分延びてしまった入院生活。外に出ると、早春の日差しにいつの間にか寒さがだいぶ和らいでいる気がした。

久し振りに制服に袖を通すと、転校初日に感じた緊張感が全身を包む。退院してようやく学校へ行けるけれど、今日は三学期最後の終業式の日だ。『一日だけ行って春休みになるなら休んだら？』と母に言われたけれど、せめてその一日だけでも学校へ行きたかった。一日だけでも、同じクラスメイトとして吉見君や理紗に会いたかったから。

通学路を歩いていると、同じ制服姿の生徒達が目に入り緊張感が増してくる。昨日の夜、理紗から届いたメールには『退院おめでとう。早く会いたい』と書かれていた。詳しい病状のことは吉見君しか知らないけれど、私の入院はクラスメイト全員が知っていることだから、教室に入った時の反応を想像すると少し怖い。それでも理紗だけはきっと、いつもと変らない笑顔でおはようと言ってくれるような気がした。

学校に入ると、校舎の匂いがなんだか懐かしく感じる。階段を上り廊下を歩くと、先に登校している生徒がみんな私を見ているような気がして体がすくむ。二年三組に着くと、数名のクラスメイトが既に教室にいた。声を出したいのに出せなくて、結局なにも言えずに俯きながら教室に入る。

「おはよう！」

　席に着いてすぐ聞こえてきた声に、私は顔を上げた。教室の入口に立っている理紗が私を見つけると、花を咲かせたように目を大きく開きながら駆け寄って来た。

「美琴おはよー！」

「おはよう、理紗」

　こうして交わすだたの挨拶が、今の私にはたまらなく嬉しい。初めて私に声をかけてきたのが理紗で、その時となにも変わらない笑顔が確実に私の心を温かくしてくれる。

「終業式間に合って良かったよー。会いたかったー！」

　そう言って理紗は座っている私に抱きついてきて一瞬驚いたけれど、理紗の腕に包まれることがこんなにも嬉しいだなんて思わなかった。

「私も、会いたかった。いつもメールくれてありがとね、理紗のメールに病室で何回笑ったか分からないよ。ほんと、ありがとう」

「お礼なんて必要ないよ。だって友達が友達にメールするなんて、普通のことでしょ？」

「うん……そうだね」

理紗の言葉が嬉しくて、それだけで涙が溢れそうになる。限られた時間の中で、私自身が願った普通の高校生活をこうして理紗とも一緒に過ごしていきたい。

理紗が席に戻ると、しばらくして吉見君が登校して来た。教室に入って来た吉見君と目が合うと、私はなぜか咄嗟に視線を逸らしてしまった。突然襲ってきたこの緊張感はなんだろう。胸がドキドキして、苦しい。

「おはよう」

「あ、おはよう」

挨拶をすると、隣の席に座った吉見君が私の視界に入り込んだ。なにか言おうと思うのに言葉が見つからなくて、左を向こうと思っても、体が言うことをきかない。おかしい、絶対おかしい。まるで自分の心臓が、入院する前までとは違うものになってしまったかのようだ。

「なんかさ、今日の夜凄い寒くなるらしいよ」

「えっ？　あぁ、そ、そうなんだ」

「もう春だなーって思ったのに、雪降るかもしんないとか言ってて」

「へぇー、雪か。季節外れの雪って感じで、いいね」

「ん？　雪下さん、雪はあんまり好きじゃないんだよね？」

「はっ、そ、そうそう。うん、寒いし歩くの大変だし、雪は困るかな」

私はなにを焦っているんだろう。というか、なんで緊張してるの？　吉見君はいつもと変らないし、吉見君らしい、なんてことない普通の会話なのに、明らかに私が普通じゃない。

「雪下さんどうしたの？」

「な、なにが？　別になにもないよ」

「そっか、ならいいけど。終業式とか、式って付くものって怠いよなー。ずっと立ってなきゃいけないし」

「……うん」

長かった入院が終わって、やっと普通に吉見君と話が出来ると思ったのに。入院中は理紗と同じで吉見君も何度かメールを送ってくれて、その時は普通に返信していたはず。緊張して話せないなんて、絶対変だよ。

体育館で行われた終業式の間も、斜め前に立っていた吉見君のうしろ姿を見るだけで勝手に胸が苦しくなった。だから私は式の最中、ずっと俯いて床を見つめているしかなかった。

式が終わって教室に戻ると、春休みの課題や連絡事項などの話を先生がしている。もう休みの気分になっているのか、教室の中は少し賑やかでみんな浮き足立っているようだ。そんな中で私は、ジッと机の上を凝視している。なにか考えようと思っても、なにから考えればいいのか分からない。ふと視線だけ左側に向けると、吉見君は渡辺君となにか話をしていた。入院前までよく見ていたいつもの光景だ。

「とういうことで、来年はいよいよ三年生だからな、休みの間も気を抜かないようにしろよ」

どうしよう、終わっちゃう。三年生になったら同じクラスになるとは限らないし、こうやって一番うしろの席に並んで座ることはきっともうないのに。

全員が立ち上がって最後の挨拶をすると、みんな次々と教室を出て行った。私はその場に立ったまま、動けずにいる。

「雪下さん、どうした？」

黙って立っている私を吉見君が覗き込んだ。

「あのさ、吉見君……このまま帰るの？」

「え？　あー、なんか大和達に誘われて飯食いに行くんだけど。雪下さんも行く？」

「ううん、私はいい。えっと……じゃあまたね」

「うん、またね。メールするから」

今日だけだったのに。この席にいられたのは、今日しかなかったのに。吉見君が渡辺君達と教室を出ると、私はガックリと肩を落として再び椅子に座った。

「美琴？」

私の様子に気付いた理紗が側に来て首を傾げた。

「帰らないの？」

「帰るよ、理紗は？」

「私は部活のメンバーとファミレス行くんだ。卒業した三年生も来てくれるから今後の部活について相談したり」

「そうなんだ」

「なんかあった？」

私は大きく首を横に振って鞄を手に取り、立ち上がった。

「それならいいけど……。春休み、部活ない時は連絡するからさ、美琴の予定が合えばどっか出かけようね」

「うん、分かった」

「じゃあまたね、ばいばい」

理紗のうしろ姿を見送った後、私は一人で教室を出た。またねという言葉を、私はあと何回言えるんだろう。そしてそれが現実になるのは、あと何回？

最後の瞬間がいつなのか、それが分かれば私はもっと頑張れるのだろうか。頑張ることで明日に少しだけ光が差すとしたら、勇気を出せるのかな……。

駅を越え図書館が見えてきたところで立ち止まると、冷たさを含む春先の風を受けながら一本の木に視線を向けた。四月になった時、制服を着てまたこの通学路を歩ける保証なんてどこにもない。もし明日全てが終わってしまうとしたら、私にはきっと後悔しか残らない。あの木に満開の桜の花が咲くところを、吉見君と一緒に見たいから……。

鞄からおもむろにスマホを取り出すと、一通のメールを送信した。

【今日の夕方、時間があったら少し話したい。】

スマホを握り締めながら歩いていると、マンションに着いたところでメールを知らせる着信音が鳴った。

【ちょっと遅くなっちゃうけど、十六時過ぎなら大丈夫だよ！　俺が雪下さんの家の方まで行くから】

エレベーターに乗り込むと、私はすぐさま返事を送る。

【ありがとう。十六時半に、入院前に二人で話したベンチで大丈夫？】

【了解！】

玄関の前でふーっと息を吐き、スマホを鞄にしまってドアノブに手をかけた。

今日が終わる前にもう一度、話がしたいと思った。お見舞いに来てくれたお礼もちゃんと言っていなかったし、吉見君がくれた言葉が嬉しかったのに、ありがとうも言えていない。それに、吉見君と一緒に桜祭りに行きたいって、まだ伝えていなかったから。明日が訪れなくなる前に、自分の想いを自分の口でちゃんと伝えよう。

午後四時二十分、制服のまま待ち合わせ場所に着いた私は青いベンチに腰を下ろした。私服を着ようと思ったのだけれど、なにを着ればいいのか分からなくて迷っていたら時間が過ぎてしまいそうだったので、結局また制服を着てしまった。

今朝吉見君が言っていた通り、昼間よりも気温が下がったようで肌寒い。コートを取りに戻ろうか迷ったけれど、その間に吉見君が来るかもしれないと思い、そのまま大人しく待つことにした。

子供達が遊んでいたであろう公園に、淡い夕日が落ちていく。見上げると、大きく膨らんだ桜の蕾に春の訪れを間近に感じた。

ゆっくりと瞼《まぶた》を閉じて目に浮かぶのは、私の腕を引いて走った後、一緒に笑い合った吉見君の顔だった。

もう二度と、未来を夢見ることなんてないと思っていた。笑うことも泣くこともなく、ただ終わりを待つだけでいいと思っていた。けれど今は、そんなふうに過ごそうと決めたことを後悔している。初めて理紗がお弁当を一緒に食べようと誘ってくれた時、いいよって返事をすればよかった。他のクラスメイトとも、もっと沢山話せばよかった。吉見君とも、あの席でもっと沢山言葉を交わせばよかった。

けれどこの桜と同様に、どんなに綺麗な花を咲かせたとしても、いずれは散ってしまう。

吉見君を前にした時、私はなにを思うのだろう。終わりなんて、永遠に来なければいいのに……。

穏やかなメロディーが耳に届きうしろを振り返ると、図書館の時計は既に午後五時を指していた。この場所に座って三十分、なにかあったのかもしれないと思いメールを送ったけれど、返信は来ない。電話をかけても出なかった。

一気に冷え込んできた空気に身を縮めながら、空を見上げた。もう少し、もう少しだけ待ってみよう。

それから私がベンチを立ったのは、更に一時間が過ぎた時だった。きっと、なにか来られなくなった理由が出来たんだろう。冷たくなった長い髪が頬に当たると、私は気持ちを落ち着かせるかのように深呼吸をし、ゆっくりと歩き出した。帰る前に、お母さんが気に入っているパン屋のクロワッサンを買って行ってあげよう……。

駅から線路沿いに少し歩くと踏み切りが見えてきた。車が数台通っているものの、人の姿はあまりない。踏み切りが開くのを待つよりも駅の中を抜けた方が便利だからだろう。

踏み切りの前に着くと、ちょうど警報音を鳴らしながら遮断機が下りてくるところだった。渡らずに止まろうと思った瞬間、目に入った光景に息を飲む。線路の真ん中で、母親らしき女性がベビーカーを持ちながら立ち止まっていた。

私と同じようにたまたまこの場に居合わせた人は、慌てたようになにか声をかけている。女性はそれでも動かず、必死にベビーカーを揺らしている。

怖くて足が震えていたにもかかわらず、気付いた時には無意識に走り出していた。なにも考えず、線路に引っかかっているベビーカーのタイヤをなんとか外そうと、私は手を伸ばした。外れろと願いながら冷えた手でタイヤを必死に動かしていると、崖っぷちに立っているかのような恐怖が全身を襲い、心臓が激しく脈を打つ。

鳴り響くブレーキ音。暗闇に浮かぶライトが視界に大きく映し出されると、私は目を瞑り、ベビーカーに乗っている小さな手を、強く握りしめた……。

こんな時にでも脳裏に浮かぶのは吉見君で、今やっと、自分の気持ちがハッキリと分かったような気がする。

私はもうとっくに、吉見君のことが……好きだったんだ……——。

第二章　second time

君が私の頑張る理由

私が自分の頑張る理由だと吉見君は言ってくれたのに、あまりにも突然終わってしまった命。

私はどうして、彼を好きになってしまったんだろう。好きになっても辛いだけだと分かっていたのに、隠していた想いが最後の最後に溢れ出した時、残ったのは深い悲しみと後悔だけだった。

こんなに早く会えなくなると分かっていたら、一緒にいられる時間をもっと大切にしたのに。病気のことは隠したまま、一分一秒を大事に過ごしたのに。全てが遅過ぎた。

ふいに、真っ暗だった瞼に薄い明かりがともる。目を開けたら、私の瞳にはなにが映るのだろうか。天国なんて本当にあるのか分からないけれど、あったらいいなと願う。

遠くの方で聞き覚えのある機械音が流れると、私はゆっくりと目を開いた。

徐々に見えてきたもの、それは……見覚えのある光景だった。

「……えっ」

薄暗い部屋に差す明かりの元を辿ると、黄緑色のカーテンが目に映る。更には勉強机に白いキャビネット。顔を右に向けると、去年買ったデジタル時計が頭に響くような不快な音を鳴らしている。

なにこれ……天国って、自分の部屋があるの？

のそのそと起き上がってみると、体に痛みは全く感じなかった。鳴り響く目覚まし時計を止め、もう一度ぐるりと部屋の中を見回してみた。机の傷も鏡の汚れもそのままで、どう見ても私の部屋だった。

「美琴、起きてる？」

胸を突かれたようにハッとしてドアの方を向くと、心臓がバクバクと音を立てる。

お母さん……？　え？　天国って、お母さんまで用意してくれるの？

「美琴？」

ドアが開くと、毎日見ていたお母さんが顔を覗かせた。

「大丈夫？　気分でも悪いの？」

呆然としている私の顔を心配そうに覗き込むお母さん。どう見ても、お母さんだ。

「美琴？　ちょっと、どうしたの？」

お母さんが私の肩に手を置き軽く揺さぶると、自動的に視界がゆらゆらと揺れる。

「え……っと、お母さん……」

「うん、なに？」

「ここって、家……だよね？」

「ちょっとなに言ってるの？　あたり前でしょ。本当に大丈夫？」

布団を捲り両腕と両足を確認したけれど、傷一つ付いていなかった。でも私は、あの時確かに……。

「今日から新しい学校だけど、具合悪いなら休む？」

その言葉に顔を上げ、お母さんと視線を合わせた。

今日から……学校？

先ほど止めたばかりの時計を手に取ると、そこに記されている日付を確認した。なにかがあって一晩明けたのだとしたら、今日は三月二十二日のはずだけれど。

「……一月？」

戻ってる……。転校した日に、時間が……。そういうことで、いいのだろうか。それとも、そうなったらいいのにという夢を見ているだけ？

「美琴、美琴!?」

「はっ、えっと、なに？」

「なにじゃないわよ、どうしたの？」

不安そうに目を細めるお母さんを見た私は、一度両手で顔を覆った後、大きく息を吐いた。

「なんでもないよ。ちょっと寝ぼけてただけだから」

「そう？　それならいいけど。そろそろご飯食べないと遅れちゃうから」

「うん、分かった。すぐ行く」

　お母さんの不安そうな顔を見ると、どうしてもちゃんとしなきゃと思ってしまう。もし夢だったとしても、どんなに頭が混乱していても、お母さんにはあんな顔をしてほしくないから。

　お母さんが部屋を出ると、大きく深呼吸をしてベッドから出た。クローゼットを開くと、目に付いたのは学校の制服。スカートの折り目が綺麗に付いていてリボンは小さな袋に入ったまま、着た形跡が全くない。

　真新しい制服に手を通す。正直この状況を理解したわけではないけれど、今日が転校初日ということなら一度それを受け止めてみよう。本当に学校に行くのか、二年三組にはみんながいるのか、私はそこで初めましてと自己紹介をするのか、それを確かめるしかない。どうするかはそれから考えよう。

「きっとすぐに新しい友達が出来るから。さ、行きましょう」

「うん」

　マンションの前の図書館も通学路も、古い校舎も職員室の位置も同じ、以前と違う所は今のところ一つもない。校長先生と担任の先生と話をしている時、「病気のことは、クラスメイトに話しますか？」、担任が母にそう言った。

以前私は、病気のことをクラスメイトに伝えたいと言ったんだ。病気だと分かっていた方が、近づきにくくなると思ったから。一人でいるために。でも、私は……。

「あの、病気のことは……言わないでほしいんです」

私の言葉に担任は母の顔を確認した後、「分かりました。体育の見学や休みが多いと生徒も気になると思うので、少し体が弱いと説明しましょう」、そう言ってくれた。

担任と一緒に二年三組の前に立つと、転校した日とはまた違う緊張が襲ってくる。この中に、本当にみんなが座っているんだろうか。一番うしろの席に、吉見君が……。

少し怖くて、俯きながら教室に入った。

「今日からこのクラスの一員になる雪下美琴さんだ。じゃあ簡単に挨拶して」

「雪下美琴です。よろしくお願いします」

恐る恐る顔を上げると、そこにはつい昨日まで同じクラスだったみんなが座っていた。窓際の一番うしろに視線を移すと、椅子を少し横にずらして座っている吉見君の姿があった。ドキドキと、心臓の音が鳴りやまない。

喜びも楽しみもいらない。その時が来るまで、ただ毎日を普通に生きていくだけだと、あの時はそう思っていた。けれど吉見君の顔を見た瞬間、私の心が喜びに満ちていくのを感じた。待ち合わせに来なかった吉見君になにがあったのかは分からないけれど、また最初から始められるのかもしれない。そう思ったら、嬉しくてたまらなかった。

「席だけど……あそこの空いている席で。おい吉見、頼むぞ」

一歩ずつ、私は吉見君の席に近づいて行った。吉見君にとって私が頑張る理由なら、私にとっても吉見君が頑張る理由になる。まだ自分になにが起こっているのか分からないし、この先どうなるのかも分からないけれど、もし後悔した日々をやり直せるとしたら、吉見君のために頑張ってみたい。そして今度は、この想いを吉見君に伝えたい。

自分の席の横に立つと、吉見君が「よろしく」と声をかけてきた。その声に、私は「よろしく」と答える。そして、少しだけ微笑んだ。

「よーし、それじゃあ授業を始めるぞ」

先生がそう言ってみんなが前を向いた瞬間、私は左側に視線を向ける。目が合うと、吉見君は口を開いた。

「あ、吉見彰です。よろしく」

前の時と合わせると、本当に沢山のよろしくをしてきたなと思う。私は感慨深く、吉見君の目を見つめた。

「雪下美琴です。よろしくね」

休み時間になると、私は廊下側の席に目線を向けた。すると、ちょうどこちらを見ていた彼女と視線がぶつかる。けれど彼女が来るよりも前に、他のクラスメイトが数人私の席の周りに集まって来た。そしてクラスメイトが一人ずつ名前を言っている時、ようやく彼女も立ち上がって私の席の横に立った。

「藤巻理紗です。よろしくね」

前と少し違うことに疑問を感じたけれど、分からないことだらけなのだからあまり深く考えても仕方ない。それに、理紗の笑顔はなにも変わっていなくて、私のよく知っている笑顔そのものだった。

「よろしく。あの……理紗って、呼んでもいい？」

確認するように見上げると、理紗は少し驚いたように目を開いた。理紗と友達になることを避けていた時間も、今思えば無駄な時間だったから。

「うん、もちろん。じゃあ美琴って呼ぶね」

それから私は、みんなからの質問一つ一つにきちんと答えた。次の休み時間もその次も、答える度にみんなは笑ったり驚いたりしてくれる。とても不思議な光景だけれど、なにも答えなかった以前よりも、心はずっと穏やかだった。

そんな中、立っているクラスメイトの隙間から時々吉見君の方を見たけれど、話しをするタイミングはなかなか訪れなかった。

細かいところまでは覚えていないけれど、今日は昼休みで帰らなければいけないということを確か吉見君に伝えたはずだ。四時限目の終わりを告げるチャイムが鳴ると、吉見君が立ち上がった。

「あ……えっと雪下さん、昼は弁当？　誰かと一緒に食べるの？　うちのクラスの女子は騒がしいけど悪い奴はいないと思うから、気軽に話しかけて大丈夫だよ」

ドクンと心臓が音を立てる。

「ありがとう。でも今日は手続きとかがあって、もう帰らなきゃいけないんだ」

本当は病院に行くのだけれど、病気だと知られたくない私はそう嘘をついた。

「そ、そっか。じゃあまた明日」

また明日……は、もう二度と訪れないのだとあの時覚悟したはずなのに、今目の前にいる吉見君は少し照れたように私を見てくれている。

「うん、また明日ね」

込み上げてきた涙を隠すように、鞄を持った。クラスメイトに挨拶をして教室を出ると、聞こえてくるはずの音が聞こえてこない。一度振り向いてみたけれど、昼休みで賑わう廊下に彼女の姿はなかった。

靴に履き替えようと下駄箱に着いた時、パタパタという音が耳に届く。咄嗟に振り返ると、廊下の先から理紗がこちらに向かって走って来ていた。

「あの、これ……」

相当急いだのか、少し息が切れている。

「私の携帯の番号とアドレス、あとＬＩＮＥもやってるから。なにかあったら遠慮なく連絡してね」

ＬＩＮＥ……。前は人との距離があまりに近くなるのが嫌で、ＬＩＮＥはやってないからと言って、連絡はメールか電話だけだった。今回はＬＩＮＥも使ってみよう。

「ありがとう。連絡するね」

「あっ、うん。普段は部活で忙しいけど、休みの日は暇だから」

「分かった」

「また明日ね」

「うん、明日ね」

学校から帰った私は家でお昼を食べた後、母と一緒に病院に行き診察を受け、再び家に帰ったのは十五時頃だった。

部屋に入ると、クローゼットの前に置かれている段ボールに手をかけた。この段ボールは前に一度片付けたけれど、もう一度同じように片付けなくてはいけない。普通は面倒だと思うのだろうけれど、そうは思わなかった。むしろこうしてもう一度あの時と同じ時間を過ごしていることに、喜びすら感じている。

両親は正真正銘私の両親だし、学校も先生もクラスメイトも本物だった。これはもう間違いないと確信している。吉見君と待ち合わせをした日、私は死んだと思った。でもあの瞬間、私は転校した初日に戻ったんだ。

こんなこと有り得ないと頭では分かっているけれど、この状況は私自身が望んだことだった。もう一度、最初からやり直したいと。だからこんな夢みたいな現状も素直に受け入れられる。

夕飯の時間まで、ベッドに横になって少し考えてみた。今日起きた出来事は以前とほぼ同じだったけれど、違うこともあった。それはどうしてなのだろうと考えた時に浮かんだのは、私の気持ちだった。

前の私は、新しい学校で友達を作る気などなかった。一人でいようと決めていた。だから最初は理紗ともほとんど話をしなかったし吉見君を避けたこともあったのだけれど、今は違う。今は最初からみんなと仲良くなりたいと思ったし、病気のことは誰にも話さず、普通に高校生活を送ろうと思っている。そういう私の気持ちの変化が、以前とは少し違う展開を招いたのではないか。

例えば休み時間、最初に話しかけてきたのは理紗ではなかったし、クラスメイトの私に対する態度や話し方も少し違っていた。理紗が私に電話番号を渡してきた場所も違う。つまり、同じ時間を繰り返してはいるけれど、以前とは違う展開になり得るということだ。

ということは、もしかしたら私次第であの踏み切り事故も回避出来るのかもしれない。待ち合わせに、吉見君が来てくれるかもしれない……。

横になっていた体を勢い良く起こした私は、余計なものを落とすかのように一度頭を大きく横に振った。どうしてこうなったのかなんていくら考えても分からない。だから、もう考えるのはやめよう。自分の気持ちを誤魔化さず、今度は後悔のないように過ごすだけだ。その第一歩である明日は、私にとってとても大切な日なのだから。

翌朝、いつもより早く家を出た私は、誰もいない公園のベンチに腰を下ろす。あと少しで咲きそうだった桜の蕾は小さくなっていて、春の気配を感じていた風は冬の冷たさに後戻り。

俯いて目を瞑ると、期待なのか不安なのか分からない気持ちに心が揺れる。病気だとみんなに伝えなかったことで、今日起こるはずの出来事が変わってしまわないだろうか。前と同じ状況になるかどうかは分からないけれど、吉見君のために頑張ると決めたのだから祈るしかない。

聞きなれたメロディーが空に響くと、私は立ち上がって学校を目指した。駅を抜け大通りから学校へ続く一本道に入る。両手を胸の前で握りながら、いつものペースで歩いた。すると突然、うしろから腕を掴まれた。驚きはしない。私はなんの抵抗もせず、その手に引っ張られるまま走り出す。

「走れば間に合うぞ」

その声を聞いた途端、風に乗る羽のように心が舞うと同時に瞳が潤む。声を出さずに頷いた私は、肌を刺す冷たい風にも動じず、懸命に走った。そして門の中に入った所で立ち止まる。

「あ、ごめん……ギリギリ間に合うと思ったから……」

深呼吸をしながら必死に息を整え、顔を上げた。

「おはよう……吉見君」

「うん、えっと、おはよう」

まだ呼吸は乱れていたけれど、今度は私が吉見君の右手首を掴んだ。

「早く行こう」

そう言って再び走り出す。下駄箱に着き上履きに履き替え小走りで廊下を抜けると、階段を上がる時には膝がガクガクと揺れているのが分かった。

「雪下さん、大丈夫？」

一瞬立ち止まってしまった私に声をかけてきた吉見君に、私は笑顔を見せる。

「平気、急ごう」

階段を上り切ると、鳴り始めるチャイム。最後の力を振り絞って教室まで行き中に入ると、そこでちょうどチャイムの音が終わった。

「おっ、セーフ！」

私達を見て、窓際に座っている渡辺君が手を広げながらそう言った。崩れるように自分の席に座った私は、そのまま机に両腕を置き顔を伏せた。間に合った……。

担任が出席を取り始めると、私はようやく顔を上げる。息もだいぶ落ち着いてきた。

「雪下さん、ありがとう。実は俺、今のところ無遅刻無欠席なんだ。今日はさすがに遅刻するかと思ったけど、間に合ってよかった。雪下さんが一緒に走ってくれたからかな」

「ううん、私は別になにも」

知ってるよ。本当は皆勤賞を逃したことで、少し悔しいって思っていたこと。だから良かった。皆勤賞は吉見君が頑張った証だから、ちゃんと守れた……。

授業が始まり前を向いてもなお、足はまだ少し震えていた。運動不足の私が階段を駆け上がるのはさすがにきつかったけれど、この足の震えや激しい動悸さえも吹き飛ばすくらい、清々しい気持ちでいっぱいだった。

昼休みになると、私は鞄から出したお弁当を持ち、理紗の席へ向かった。

「あの……一緒に、食べない？」

動きを止めた理紗は、眉を上げ目を丸くして私を見ている。

「えっ……あ、うん。もちろん」

転校生の方から誘ってくるとは思わなかったのだろう、少し間を置いてから笑顔を見せてくれた。理紗が誘ってくれるのを待とうかとも思ったけれど、理紗からの誘いを何度も何度も断ってしまったことを後悔していた。だから今度は、自分から言いたかった。

クラスの女子も含めて四人でお弁当を食べながら、部活の話やクラスメイトの話をした。前に一度聞いたことも含まれていたけれど、もちろん私は理紗達の話の全てに初めて聞いたように返事をした。最初からこうしていたら、もっともっと話が出来て理紗以外の女子とも一緒に笑えていたんだと思うと、本音を隠し続けていた自分がどれだけ哀れだったのかを痛感した。

昼休みが終わり授業が始まると、この後机を移動することを知っている私は、落ちないようにとペンケースを机の中に入れた。そして、「では、隣の席の人と二人一組で話し合って、次の授業では実際にまとめた物を提出してもらいます」という先生の言葉と同時に誰よりも早く立ち上がり、机を左に寄せる。そんな私を見た吉見君も慌てて机を寄せてきた。

「よろしくね、吉見君」

「うん、よろしく。ていうか、俺の名前覚えてくれたんだね」

「覚えてるよ」

私にとって吉見君は、これといった特徴のない男子なんかじゃない。吉見君は、吉見君だ。普通で、ちょっとやる気がなくて、でも本当は優しい。笑うことを忘れていた私を、笑わせてくれた人。私に、生きたいと思わせてくれた人だから。

賑わう教室の中で、私はそれぞれノートにペンを走らせながら話をした。

「あのさ、雪下さんは……姉妹いるの？」

「いないよ」

「俺は兄貴がいるんだ。俺と違って出来た兄だから、なにかと比べられちゃってね」

苦笑いを浮かべる吉見君。私は手を止め、視線を向けた。

「比べられるって、どうして？」

「えっ、あー、えっとね」

まさか聞き返されるとは思わなかったのか、言うか言わないか迷っているのが顔に表れている。

「兄貴は勉強が出来てさ、親が望んだ中高一貫の学校に合格して、今は有名大学に通ってるんだ。でも俺は、中学受験に失敗したってわけ。そっからなんか全てどうでもよくなっちゃって」

　ガッカリした両親の顔を見た時、俺はダメなんだ、どんなに頑張っても兄貴みたいにはなれないと思ったと、お見舞いに来てくれた時に吉見君は言っていた。その言葉が、心にずっと引っかかっていた。

「別にこんな話どうでもいいよね」

　そう言って顔を歪めながら、無理に作った吉見君の笑顔に胸が痛んだ。

「どうでもよくなんかない……」

「ん？」

　私がボソッと放った言葉が聞き取れなかったのか、顔を近づけてきた吉見君。

「あのさ、お兄さんみたいになる必要って、あるの？」

「え……？」

「受験に失敗したって、吉見君は吉見君でしょ？　比べる必要なんてないと思う」

「あー、うん……まぁそうだよね」

「吉見君にだって良いところが沢山あるし、夢とかやりたいこととかそういうのはこれから探していけばいいと思うんだ。吉見君の人生は、まだまだ……長いんだから」

　口を開けたまま、首をひねって私を見つめている吉見君。勢いに任せて喋ってしまったことに気付いた私は、焦ってペンを持った。

「……なんて、ごめんね偉そうなこと言って。なんとなく思ったことを言っただけだから」

「あぁ、いや、ありがとう」

私達は気を取り直して課題を進めながら、何げない会話を続けた。以前話したことと同じ内容だったけれど、私にとって吉見君と話をする時間はとても楽しいものだった。一時間なんてあっという間に過ぎてしまう。きっと明日も明後日《あさって》も、楽しいと感じる時間は瞬く間に過ぎていくのだろうなと思うと、この一瞬の大切さをひしひしと感じた。

二度目の転校から一週間。クラスメイトとの距離も、以前と比べたらだいぶ縮まったと思う。一昨日は理紗の部活が休みだったため、二人で制服のまま駅前のデパートにも行った。買ったものは本一冊だけだけれど、最初から最後までずっとお喋りをしていた気がするし、プリクラを撮ったのは中学一年の時以来だ。とにかく楽しくて、どんなにありふれた出来事だとしても友達と過ごす時間は私にとってはとても新鮮なことだった。

そんな日々を楽しいと思う一方で、私は理紗達とお弁当を食べながら明日のことを考えていた。今だけではなく、今日一日ずっと悩んでいる。でも未だ答えは出ない。

「美琴、どうした？」

「なにが？」

「なんか浮かない顔してるけど」

　おにぎりを頬張りながら私の顔をジッと見つめる理紗に、慌てて眉根を寄せていた顔を緩め笑顔を見せた。

「ううん、なんでもないよ。そーいえば、吉見君どこ行ったんだろ」

　吉見君は昼休みが始まってすぐ教室を出たきり、まだ戻って来ていない。

「あー、いないね。トイレかな？」

「なんか呼ばれたらしいよ」

　理紗の言葉に、自分の席でパンを食べている渡辺君が私達の方を向いて言った。

「担任に呼ばれたんだって。あ、ほら帰って来た」

　渡辺君の視線を追うと、ちょうど吉見君が教室に入って来たところだった。どことなく気難しそうな顔をしている気がした。

「吉見君、どうかしたの？」

　私が声をかけると、困ったように「いやー」と言いながら席に座り、お弁当を机に広げた吉見君。

「進路がさ……ほら、出さなきゃいけないやつ、俺鞄に入れっぱなしにしててまだ出してないんだ。明日までに絶対出せって言われて」

「は？　お前まだ出してなかったのかよ。あれ冬休み明けが提出期限だったよな」

「うん、まーそうなんだけど。しょうがねぇだろ、書くことないんだから」

吉見君、進路で悩んでるのかな。やりたいことも夢もないって言っていたし。

「もう適当に書くしかねぇかな」

吉見君のその言葉に、私の口が自然と動いた。

「うん、いいと思うよ」

私がそう言うと、吉見君は箸を持ったまま驚いたように私を見た。

「だって、今全部決めろって言われたって無理でしょ？　あと一年の間に全く違う道が見えてくるかもしれないし。だから今は適当でいいと思う」

思ったことを素直に口にしただけなのだけれど、吉見君だけでなく理紗と渡辺君も私に目線を向けたままキョトンとしている。

「えっと、そ、そうだよね。でもちょっと意外だったな」

なにが？　と言いたげに私は首を傾けた。

「勝手な見た目のイメージだけど、なんとなく雪下さんて真面目でしっかりしてる印象だったから。〝適当〟とか言うんだね」

クスッと笑った私は、真っ直ぐ吉見君を見つめた。

「言うよ。それに私自身も、ほんとちょー適当。全然しっかりしてないし」

「そうなんだ、なんかちょっと安心する」

「彰は適当にもほどがあるでしょ。美琴と同じとか思わないでよね」

「なんでだよ、同じじゃんんか。お前らそれは差別だぞ」

吉見君に突っ込みを入れた理紗、それに同調して渡辺君は何度も頷いている。その様子が可笑しくて、私は声を上げて笑った。

教室の中で、こんなふうに笑う日がくるなんて思わなかった。だからこそ、明日のことを真剣に考えなくちゃいけない。吉見君のためにも、私が出来ることを。

昼休みが終わり五時限目の授業が始まると、私はノートの端を少しだけ切ってそこに文字を書いた。

【明日の朝、駅で待ち合わせとか出来ない？】

吉見君にこっそりと手紙を渡すと、手紙を開いたまま吉見君がこっちを見ている気がした。驚いているんだと思う。書いたのは自分だけれど、私だって驚いている。でもいくら考えてもこの方法しか思い付かなかったのだから仕方ない。恥ずかしくて左を向けない私は、俯いたまま返事を待った。

すると吉見君が、指先でトントンと小さく机を鳴らした。左を見ると、下の方で手を伸ばして小さな紙切れを私に渡してきた。受け取った私は、チラチラと前を見ながら紙を開く。

【全然いいけど、どうして?】

そう聞かれると思った。私はまた紙をちぎって吉見君に渡す。

【特別な理由はないけど、話しながら学校に行きたいなーと思って】

あまり理由になってないのは分かっている。話しながら行きたいなら理紗を誘えばいいのに、あえて吉見君を選ぶ必要はない。でも吉見君でないと意味がないから。正直に話すことは出来ないけれど、明日はどうしても吉見君と一緒に行きたい理由がちゃんとある。

再び渡された紙にはこう書いてあった。

【そっか。分かった、いいよ。何時にする?】

私は頭の中で時間の計算をして返事をした。

【じゃあ少し早いけど、七時半でも大丈夫? 一応私の連絡先書いておくね】

紙を開いている吉見君の顔を見つめていると一瞬驚いたように口を開け、なにかを考えるかのように視線を上げてから返事を書いている。早いなと思ったのだろう。

【早いね。寝坊しないように頑張る】

返事のあとには、吉見君の連絡先も書かれていた。これできっと、大丈夫だ。絶対に大丈夫。不安を払拭するかのように自分に言い聞かせ、吉見君からもらった小さな手紙をペンケースにしまった。

　翌朝、六時半に起きた私は吉見君に【起きてる?】とメールを送った。先日交わした会話の中で吉見君がどこの駅から電車に乗っているのかを聞いていた私は、逆算して間に合う起床時間を把握していた。多分いつもよりだいぶ早起きになってしまうだろうから申し訳ない気持ちもあるけれど、今日だけは早起きしてもらわなくちゃ困る。

　メールを送ってから自分の支度を始めたけれど、返事が返ってこない。ソワソワし始めた私はスマホを手に取り電話をかけた。出ろ出ろと呟きながらベッドの前をウロウロしていると、六回ほどコールが鳴った後で吉見君が電話に出た。

「あ、おはよう。電話しちゃってごめんね、メール送ったんだけど起きてるか心配になって」

『ん……あぁ、起きてるよ。ごめんね、メール気付かなくて』

　電話越しの声から、今起きたのだと想像出来た。多分私に気を使ってそう言ったのだろう。

「ううん、良かった。じゃああとでね」

『うん、あとで』

　肩の力が抜けた私はベッドに腰を下ろし、大きく息をついた。

　支度を終え普段より二十分以上も早く家を出た私は、いつもよりも駅に向かう人の数が少ない中、待ち合わせ場所である駅に向かった。マフラーだけでなく手袋も必要だったかなと思うほど、今朝は冷えている。

手を口の前で擦り合わせながら待っていると、改札から出てくる吉見君の姿が見えた。まだ少し不安が残っていたけれど、私を見つけてこちらに向かって走って来る吉見君を見た途端、悪夢から覚めたようにホッと胸を撫《な》で下ろす。

「おはよう。ごめんね、待たせちゃった」

「全然、私こそこんなに早くごめんね」

「たまには早起きもいいよね。今日はすげー寒いけど、雪下さんが見えた瞬間あんま寒く感じないっていうか、あれ？　なに言ってんだろ俺。意味分かんないよね」

そう言って笑っている吉見君を見て、私も自然と笑みが零れる。

「あ、そうだ。昨日ありがとね」

「なにが？」

「進路のこと。適当でいいって言ってくれてホッとしたんだ。なにも考えてないなりに、実は結構悩んでたから。雪下さんの言葉で軽くなった」

「私は思ったことを言っただけだよ」

「うん。でもその雪下さんの思ったことが、俺にとってはだいぶ大きな言葉だったんだ。だから、ありがとう」

私はただ、自分の思いを正直に言っただけだった。今日だって事故に巻き込まれるはずだった吉見君を助けたいと思っただけ。大きな怪我じゃなかったけれど、私の気持ちが変わったことで、もしかしたら今度は大怪我を負うことになってしまうかもしれないと不安に思っていたから。でも事故は無事回避出来たし、吉見君が『ありがとう』と言ってくれたということは、吉見君のために少しは頑張れたということなのかな。

学校に着くと、普段あれだけ騒がしい教室も二人だけだと怖いくらいに静かだ。

「あ、そーいえば理紗から電話あったんだった」

椅子に座った吉見君が思い出したかのようにスマホを鞄から出した。

「連絡してないの？」

「電車だったからあとでいいやって思って、そのまま忘れてた。怒られそー」

笑っている吉見君を見て、二人は本当に仲が良いのだなと改めて思った。幼馴染みという存在は私にはいないから分からないけれど、お互い遠慮なくなんでも言い合える関係なのだということは一度目の転校で分かっていた。そんな二人がやっぱり少し羨ましい。

しばらくして次々にクラスメイトが登校して来る中、理紗が教室に入って来た。と同時に、もの凄い剣幕で吉見君のもとに向かって来た。

「ちょっと！　なんで無視してんのよ！」

「無視したわけじゃねーよ。つーかどうせ学校で会うのになんで電話？」

「だからそれは！　えっと……また進路調査の提出忘れるんじゃないかと思ったから、親切に電話してあげただけだよ！　まーでも焦ってないってことはちゃんと持って来たのね？」

見下ろしている理紗の迫力に押されるように、体をうしろに反らしながら頷いた吉見君。

「なら良かった。あっ、美琴おはよ〜」

振り返って私に手を振る理紗の顔は、既にいつもの理紗だった。

「そういえば彰、今日学校来るの早くない？　いつも私の方が先なのに」

「あー、まぁ……」

明らかに困った様子の吉見君。理紗の視線から逃れるかのように窓の方を向いた。

私に誘われたとは言いにくいのだろう。

「あのね、私が吉見君に一緒に学校に行こうって誘ったの」

少し驚いたように「え？」と声を上げた理紗。仲良くなったとはいえ、住んでいる場所も違うのにわざわざ一緒に行こうと誘うなんて疑問に思うに決まっている。

「いつも一人だから、たまには誰かと一緒に登校してみたいなーって思って」

「そっか、そうだったんだね」

「うん。早起きさせちゃって申し訳なかったなって思うけど」

「いいのいいの、たまには早起きした方が頭も働くでしょ。これからもたまに一緒に行ってやってよ」

　理紗にそう言われ、返事に困った私はチラッと吉見君を見た。吉見君は「バカ、お前が言うなよ」と言って照れくさそうに苦笑いを浮かべている。その顔に、なんだか私まで恥ずかしくなってしまった。

　病気のことや踏み切り事故、同じ日を繰り返していることなど、私には考えなければいけないことが沢山あるけれど、だからこそ終わりがくるまでの短い時間を楽しく過ごしたいと切に願ってしまう。未来がないのなら、せめてこの瞬間だけでも……。


　普通の高校生活にも慣れてきて、病気であることを時々忘れてしまうほど楽しい日々が続いていた。一度目にはなかった会話や出来事も沢山あって、昨日は吉見君と理紗と三人で図書館で勉強もした。

　特別なことはなにもないけれど、お母さんが私に「大丈夫」と言う回数も減っているように思えた。学校や友達のことを家で話すようになったから、そんな私の姿にお母さんも少し安心してくれているのかもしれない。

いつもの時間に目覚めた私は壁にかけてあるカレンダーに視線を向ける。一月ももう終わりか、なんだか以前より時間の流れが早いような気がする。制服を着ようと布団を捲って起き上がると、軽く目眩《めまい》がしてそのまま再びストンとベッドに腰を下ろした。

起き上がった瞬間目の前が少し歪んだように思えた。頭も少しボーっとしていて、おでこに手を当ててみてもよく分からない。熱を測ろうと机の引き出しに向けて手を伸ばしたけれど、途中で止めた。

体が思うように動かないため、ゆっくりと着替えをする。

「美琴？」

準備が遅いからか、お母さんが部屋をノックしてドアを開けた。

「遅いから寝坊したのかと思ったけど、準備してたのね」

「うん。もうそっち行くから」

するとお母さんは、ベッドに座って靴下を履いている私の横に腰を下ろした。

「なんか少し顔色悪くない？」

「え？　全然大丈夫だよ。あー、ちょっと眠いからかな」

私はスッと立ち上がって鏡に向かった。頭が少しクラクラするけれど、鏡越しにお母さんに向かって笑顔を見せる。

「でも、念のため熱測ってみなさい」

「大丈夫だよ」

「いいから測りなさい」

そう言われ、お母さんから渋々体温計を受け取った。十七年付き合ってきた自分の体なのだから熱を測らなくても調子が悪いということは分かっていたけれど、お母さんも十七年間、一番近くで私を見てきたのだから気付かないはずがない。でも、どんなに具合が悪くても今日は絶対に学校を休むわけにはいかなかった。

私は脇よりも少し下の位置に体温計を挟んだ。小学校の頃、遠足の日に熱を出した時にやった測り方だ。これで少しは実際の体温よりも低くなるはずだ。ピピッと音が鳴って体温計を確認すると、案の定、平熱よりも少し高いくらいだった。

「熱はないみたいだけど……顔色悪いし、朝一番で一応病院行きましょう」

「えっ……。熱がないなら大丈夫だよ」

「ダメ。ちゃんと診てもらいなさい」

「だけど、私学校に行きたいの！」

「病院に行って大丈夫なら遅刻して行けばいいから、とりあえず病院は行かなきゃダメよ」

こうなってしまったら、もうなにを言っても無駄だということは分かっている。お母さんを不安にさせたくないし、私を心配して言ってくれているのだと思うとこれ以上反論は出来なかった。

お母さんは用事があるため、一人で病院に行った。朝の病院は混んでいる。ホームルームには絶対に間に合わないから諦めるしかないけれど、そうなると別の方法をなにか考えなければいけない。とにかく、午前中のうちに絶対診察を終えて学校に行かなくてはならない。

予約をしていないため時間がかかってしまい、診察が終わって病院を出た頃には十時半を過ぎていた。すぐにお母さんへメールを送る。

【診察終わったよ。大丈夫だって言われたから これから学校行きます】

本当は、大丈夫だと言われたわけではない。血液検査の結果は悪いわけではなかったけれど疲れも重なったのだろうということで、先生からはゆっくり体を休めて下さいと言われた。でも、休んでなどいられない。

急いで学校に向かいながら考えた。一度目のこの日は体調が悪くなどなっていないのに、毎日が楽しいから自分が思っているよりもずっとはしゃいでしまっていて、その疲れが出たのかもしれない。いずれにせよ、やはり私次第で一度目とは違う日々を送ることもあるということだ。

学校に着き教室に入ると、三時限目の最中だった。

「美琴おはよう。どうしたの？」

学校には遅刻する旨を伝えてあったけれど、わざわざクラスメイトに「病院に行っている」とまでは説明しなかったのだろう。教室に入ってすぐの席に座っている理紗にそう言われた。

「うん、ちょっと体調悪かったんだけど、もう大丈夫だから」

本当は、歩くだけでも少ししんどい。でもそれを気付かれないようにと笑顔を見せた。

「ほら、みんな前向け」

私が席に着き再び授業が再開されると、「大丈夫？」と吉見君が声をかけてきた。

「大丈夫だよ。それより、球技大会のことってもう決めた？」

「今朝のホームルームで決めたよ。雪下さんは、なにに出ることになってたかな……」

「私はいいの、出ないから。それより吉見君はどうなった？」

「あぁ、えっと、俺はサッカーだけど」

やっぱり、そうなってしまった。バスケに出てほしいとメールを送れば済んだことなのかもしれないけれど、どうして私が吉見君にバスケを勧めるのか、その上手い理由が見つからなかった。だからメールは送らなかったけれど、やっぱりなにも考えずに送ればよかったと後悔している。でももうサッカーに出るということは決まってしまったのだから、別の方法を考えよう。

それからその前に、もう一つ考えなくてはいけないことがある……。授業を受けながら、一人で必死に考えた。私が吉見君のために出来ることを。

昼休みになると、いつものように理紗達が私の席にやって来て、空いている机を二つ、私の席にくっつけて机を囲むようにして座った。チラッと視線を左に向けると吉見君はお弁当を食べていて、前の席にいるはずの渡辺君の姿がない。一度目と同じだった。

みんなでお喋りをしながらお弁当を食べているものの、私の心はずっと落ち付かない。

「美琴？　なんか考えごと？」

隣に座っている理紗が私の顔を覗き込んだ。

「え？　ううん、違うよ。ちょっと眠くてボーっとしてただけ」

別のところにあった意識を戻し、平然を装って返事をした。すると、視界の隅に入っていた吉見君が立ち上がった。昼休みが始まって十五分も経っていないのに、お弁当はもう机の上にはない。そして吉見君は教室を出て行ってしまった。

どうしよう。どうすることが一番いいのだろう。私が行ったところできっとなんの役にも立たない、だとしたら……。

「ごめん、私……ちょっとトイレ行ってくるね」

みんなにそう言って、急いで教室を出た。向かうのはトイレではなく、職員室だった。なるべく怖い先生の方がいいような気がする。先生全員のことをまだ把握していないから見た目でしか判断出来ないけれど……。職員室の入口から中を見回し、目に付いた先生のもとへ急いで駆け寄った。座っていても体の大きさが目立っていて、顔も正直怖い。

「あの先生、すみません」

私が声をかけると、お弁当を食べていた先生が振り向き驚いたような顔を見せた。ギョロっとした大きな目を更に大きく見開いている。それもそうだ、私はこの先生の授業は受けていないし、先生も私のことはきっと知らない。

「ん？　どうした？」

「あの……えっと」

頭の中で必死に言葉を探した。なんと言えば伝わるのだろう。もしこの先生があまり生徒に興味がない頭の固い先生なら、素直に聞き入れてくれないかもしれない。その時は自分でどうにかするしかない。

「なんか……ぶ、部室の前辺りで……生徒がもめているみたいです」

「え？」

わけが分からないといった表情を見せた先生。担任でもないのにどうして俺に？と思っているのかもしれない。でも喧嘩といったら、やっぱり強そうな先生が止めに入った方が効果があると思ったから。

「な、殴られてるとかなんとか……」

恐る恐る先生の顔を見ると、持っていた箸を置いて立ち上がった。

「分かった。ちょっと様子見てくるから」

その瞬間救われたような気持ちになり、ホッと安堵のため息をつく。でも、本当に大丈夫なのかはまだ分からない。部室の場所を知らない私は、先生を尾行するかのように少し遅れて部室がある場所へ向かった。

先生が体育館に近づいたところで、少し離れた私にも聞こえるほどの大声が突然耳に届いた。

「邪魔すんなよ!!」

先生にも当然聞こえたのだろう、先生は急いで体育館の脇にある道を進んだ。私は壁に隠れるようにして覗き込む。すると吉見君が先輩に胸倉を掴まれていて、今まさに殴られる寸前といったところだった。先輩は背を向けていて先生に気付いていないけれど、渡辺君と吉見君は気付いたようで、お互い顔を見合わせて安心したように薄《う》っすら笑みを浮かべた。

その顔に私もようやく安心し教室に戻ろうと振り返ると、少し先に理紗が立っているのが見えた。

「全然帰って来ないから心配したよ。こんな所にいたんだね、なにかあった？」

首を傾げて私を見つめる理紗、私は一度ゴクリと唾を飲む。

「えっと……トイレに行こうと思ったら吉見君がいて、あとをつけて……それで、えっと、そしたらなんかヤバそうな雰囲気だったからすぐに先生を呼んだの。ほんと、たまたま見つけちゃって」

支離滅裂だ。自分でもなにを言っているのか分からない。でも咄嗟に出た言葉を並べることしか出来なかった。

「そっか。美琴まだお弁当全部食べてないでしょ？　時間なくなっちゃうから早く戻ろ」

私の不安をよそに、理紗はそう言って私の手を握った。とにかく、これでまた吉見君を守れた。でもあと一つ、吉見君のために頑張らなければいけないことが残っている。あんなにも辛そうな顔、吉見君にはもう二度としてほしくないから。自分がやれることはなにかを必死に考えながら、昼休みで賑わう廊下を歩いた。

一度目とは違う現象が、また起こった。球技大会、理紗も出ている女子のバレーボールは二回戦で惜しくも敗退するはずが、今私の目の前にあるコートではクラスメイトが手を握り合い、喜びの声を上げている。理紗の活躍が際立った試合はうちのクラスが勝ち、準決勝進出となったのだ。

「おめでとう理紗。凄くかっこ良かったよ」

「ありがとう。絶対勝ちたかったから嬉しいよ」

精一杯戦った証である汗をタオルで拭いながら、理紗は満足そうに微笑んだ。一度目と結果が変わったことで、私の心にも僅かに希望が生まれた。

「このまま優勝目指して頑張らなきゃ。とその前に、男子のサッカー応援行こう」

「うん、そうだね」

クラスメイトと共に体育館を出て校庭に行くと、コートの周りは応援するために集まった沢山の生徒で溢れていた。やっぱり女子が多いなと感じる。渡辺君効果というやつだ。

以前と同じように、サッカーに出場するクラスの男子が輪になって座っている。なんと声をかけたらいいのか、私は未だに迷っていた。「頑張って」と声をかけたいけれど、そのせいで吉見君は……。けれど、頑張らなくていいなんて絶対に言えない。だって、懸命に走ってボールを追っていた吉見君は、本当にかっこ良かったから。

どうしたらいいのか分からずクラスの輪から少し離れて立っていると、それに気が付いた吉見君が私の所へやって来た。

「雪下さん、応援来てくれたんだ」

「……うん」

頑張ってほしいという気持ちと、辛そうな吉見君を見たくないという二つの気持ちが心の中で衝突する。

「雪下さんが応援してくれるなら、頑張ってみようかな。下手だけど」

そう言って恥ずかしそうに笑う吉見君に、私の心臓が激しく音を立てた。きっと、なにか方法はあるはずだ。バレーボールの結果だって違うものだったし、きっとなにか……。

「私の分まで、頑張ってね」

顔を上げ、私は吉見君にそう伝えた。やっぱり、頑張らなくていいなんて言えない。頑張ることを忘れた吉見君が、初めて心の底から頑張りたいと思って精一杯やっていたことを、私は知っているから。

試合が始まると、私は吉見君を見つめた。渡辺君がゴールを決めて歓声が沸き上がっても、声を出して必死に走っている吉見君だけを目で追う。こうやって真剣に頑張る吉見君の姿に胸が高鳴るのは、二度目だ。けれど時間は刻々と進んでいた。

多分もうすぐ、前半戦が終わる頃だろう。両手を強く握り、息を飲む。そして次の瞬間、相手の生徒がちょうどゴール前でパスを受け取った。どうしたらいいのかなんて分からない。ただ、ほんの少し勇気を出したらなにかが変わるかもしれない。あの時叫びたかった気持ち、声に出せなかった想いを言葉にしたら。

吉見君が相手の生徒に近づいた時、大きく息を吸い、そして……。

「あ……彰君!! 頑張って!!」

校庭を見下ろす広い空に、私の声だけが響いたような気がした。

すると吉見君はピタッと足を止め、口を開けたまま驚いたようにこちらに視線を向けた。相手の生徒はそのままゴールに向かってシュートをするも、キーパーが正面でそれをキャッチした。落胆した声と歓喜の声が混ざり合う。

私はドキドキと鳴りやまない心臓に手を当てた。相手に怪我をさせてしまうはずだった吉見君は、まだボーっとした様子で私を見ている。重なり合う私達の視線以外、全てがスローモーションに見えた。それは、ほんの一瞬だったのかもしれない。

吉見君に近づいてきた渡辺君が、からかうように笑いながら吉見君の頭を軽く叩いた。叩かれた頭を押さえながら吉見君はまた私を見て、そして口を開いた。言葉は聞こえないけれど、「ありがとう」と言っているように思えた。

涙が込み上げてきてたまらず俯くと、隣にいる理紗の手が私の肩にそっと触れる。

泣くなんて、意味が分からないよね。ただ頑張ってと言っただけなのに、声を出しただけなのに、どうしてこんなにも嬉しいんだろう。

頑張ることを諦めた私と吉見君の気持ちが、今一つに重なったような気がした。頑張って、頑張る、ただそれだけのことだけれど、きっと私達にとってそれは大きな一歩なんだ。

最後まで応援し試合を見届けた結果、三対二でうちのクラスが勝利を手にした。まるで優勝したみたいに、みんな嬉しそうに笑っている。少し変わっただけでこんなにも違う結果になるだなんて、思いもしなかった。勇気を出したたった一言で変わるのなら、私の運命もきっと変えられる。

もしかしたら……という思いが今、確信に変わっていた。

咲かない桜

病院から帰る途中、私は家には向かわず公園のベンチに座った。時刻は午後三時半。小さな紙袋を膝の上に置き、見上げた先にある桜の蕾に微笑みかけた。

「よぉ！」

目の前に現れた人物が私にそう声をかけると、私は驚きもせず片手を上げる。

「こんにちは、彰君」

球技大会以来、私は吉見君を彰君と呼ぶようになり、彰君は私を美琴と呼ぶようになった。最初は照れくさかったけれど、次第に慣れていって、今ではそれがあたり前になっている。

「図書館に行こうと思ったら美琴のうしろ姿が見えたから。ここ座っていい？」

「うん、いいよ」

「今日休みだったけど、風邪？」

「……あーうん、ちょっと体調悪くて」

少し考えた後、そう答えた。入院するということは言いたくない。みんなに心配かけたくないからとお母さんにもそう伝え、学校にも風邪だということにしてもらった。

「風邪だったらこんな寒空の下にいたらダメだろ」

「そうだよね。でもなんとなくこの木を見たくて」

私と一緒に視線を左上に向けた彰君。

「桜、今年はいつ頃咲くかな」

「そうだね……」

「そうだ、美琴さ、桜祭りって知ってる？」

本当は知っていたけれど、私は首を傾げた。

「三月下旬頃に毎年開催される結構有名なお祭りなんだけどさ、向こうの広場が満開の桜で一面ピンクになるんだ」

「そうなんだ。きっと凄く綺麗だろうね。この桜もちゃんと咲くのかな？」

「きっと咲くよ。それで、あのさ美琴。もしよければ、一緒に行かない？」

彰君の言葉に、私は一度深呼吸をした。そして膝の上にある紙袋の持ち手をグッと握る。

「今年の桜祭り、一緒に行こうよ」

一度目は、答えることが出来ないまま終わってしまった。だから今この瞬間は、無駄にしたくない。

「実は俺、一回も行ったことないんだ。混んでるの好きじゃないし、花見とかなにが楽しいのか分かんなくて。でも、美琴とだったら行きたいなって、そう思ったから」

「うん……私でよければ、一緒に行きたい」

「えっ、ほんとに？　いいの？」

「うん」

見つめ合うと、お互いに自然と笑みが零れた。自分がこんな気持ちになるなんて、思ってもいなかった。恥ずかしくて、でも嬉しくて、心がくすぐったい。

「あ、そうだ」

「なに？」

私は思い出したかのように紙袋を持ち上げ、彰君に渡した。

「えっと……ちょっと遅くなっちゃったけど、バレンタイン……」

バレンタイン当日は渡せなかったけれど、今日この日に二人きりになることは知っていたから、その時に渡そうと決めていた。

「お、俺に？」

「うん、彰君に。美味しいか分からないけど」

「嘘でしょ……すげー嬉しい！　これって現実？　すっげー嬉しいよ」

プレゼントをもらった子供のように声を上げ、はしゃいでいる彰君。そんなふうに喜んでくれる彰君を見ているだけで、幸せな気持ちが胸いっぱいに溢れてくる。

なにかを諦めた私達は、きっと似た者同士なのだろう。だからこそ、惹かれてしまったのかもしれない。けれど、決定的に違う部分もある。

「ねぇ彰君。中学の頃から全てがどうでもよくなったって言ってたけど、今もそう思う？」

「うーん、どうせダメだっていう気持ちは正直まだあるけど、でも今はどうでもいいとは思わないかな」

少し間を空けて、彰君が言葉を続けた。

「勉強とか夢とかじゃないけどさ、美琴に会えたことで、今までと景色が変わったっていうか……。普通にただ生きてるだけだけど、今までとは少し違うんだ」

「普通に生きていられることだけでも、きっと凄いことなんだよ」

学校に行って友達とお喋りして、好きな人と一緒にいられる。そんな普通の毎日が、私にとってはとても大切だった。終わってほしくないと思うくらいに。

「そうだよな。上手く言えないけど、美琴が俺の頑張る理由って言ったら一番しっくりくるかも。そこに美琴がいるだけで、頑張れるような気がして。それって俺にとっては、奇跡なんだ」

「彰君……」

心が痛くて苦しくて、大きな悲しみが胸を刺す。

いた気持ちと向き合って、きっとなにかを見付けられる。私の未来はまだ見えないけれど、この先も続く彰君の未来は今よりもっと輝けると、私は信じているから。

「そっか、寒いしな。早く風邪治せよ」

「ううん、なんでもない。私、そろそろ行くね」

「え？」

「私がいなくても……」

私がいなくても、彰君は頑張れるよ。悔しい思いや、自分にはなにもないと言って

翌日、私は一度目と同じ時間にお母さんと一緒に病院へ行った。入院なんて慣れているし、一度目と全く同じ病室で変わったところは一つもないはず。それなのに、どうしようもない孤独に一人取り残されたような気持ちになってしまう。カーテンを開けベッドに陽が差しても、心は晴れない。学校に行ってみんなに会えることが私にとってどれだけ大切な時間だったのかを痛感していた。

彰君や理紗からは毎日のように心配するＬＩＮＥが送られてくるけれど、私は努めて明るく返事を送っていた。こうして友達とやり取りをしているだけで、死にたくないという思いがどんどん大きくなってしまう。そう思わないように一度目の時は一人でいたいと思ったはずなのに。

みんなと仲良くなれたことを後悔しているわけじゃない、むしろ知らなかった喜びや楽しさを知ることで生きていると実感出来た。でも、この先待ち受けている運命を、私は変えることが出来るのだろうか……。

「調子はどう？」

カーテンを開け、お母さんが入って来た。手にはコンビニの袋が下げられている。中身は私の好きなチーズタルトだろう。ベッドの横にあるパイプ椅子に座り冷蔵庫を開け、袋に入っていたものを入れた。やっぱりチーズタルトだった。

「大丈夫？　気持ち悪くなってない？」

「うん、今日は平気」

「そう、それなら良かった。学校、三学期が終わる前に退院出来ると思うから」

「うん……」

「美琴、今の学校に行くようになってから、凄く楽しそうだったもんね。友達の話とか球技大会の話も聞かせてくれたし」

転校前は、学校の話なんて一度もしたことがなかった。いつも一人で友達もいなく、楽しいことなんかなにもなかったのだからあたり前だ。でも転校してからは……というか、二度目の転校では、友達も出来て好きな人もいて毎日が楽しかった。通院がなければ、自分が病気だということを本当に忘れてしまいそうになるくらい。

「三年生になっても、今の友達と同じクラスになれるといいね」

三年生……私にその瞬間は、訪れるのかな。もしあの事故を回避出来たとして、その先私はどれくらい生きていられるのだろう。

「お母さん……」

「なに？」

「私、あとどのくらい生きられるの？」

「えっ……」

「ごめん、なんでもない」

そう言って、布団を頭からかぶった。悲しそうに見つめるお母さんの顔が、目に焼き付いて離れない。

「美琴……」

温かい手が、布団の上からでも伝わってきた。不安な顔は見せないと決めていたのに。ごめんね、お母さん。ごめん……。

「少し疲れたから、寝るね」

首元まで布団を下げ、そう呟いた。けれどお母さんはその場を離れることなく、ずっと私の頭を優しく撫でていた。私が眠りに落ちるまで、ずっと……。

目を覚ますと、椅子に座ったままウトウトしているお母さんの姿が目に入った。窓から差し込む日差しはさっきよりも少し角度を変えている。どれくらい眠ったのだろうと枕元にあるスマホに手を伸ばす。随分眠っていたような気がするけれど、一時間も経っていなかった。

「美琴……起きたの？」

「うん」

「お母さんも一緒になって寝ちゃった」

そう言って笑うお母さんを、私は真っ直ぐ見られなかった。あとどのくらい生きられるのかなんて、言わなければよかった。お母さんだって辛いのに、まるで責めているように思えたから。

「チーズタルト、食べる？」

お母さんは冷蔵庫から取り出したチーズタルトを私に手渡した。

「雪下さん」

すると、カーテンの外から声が聞こえてきた。私はタルトをテレビ台の上に置き、「はい」と返事をする。

「調子はどうですか？」

入って来たのは、ずっと私の担当をしてくれている先生だった。物腰が柔らかく、とても優しい先生だ。先生の隣には研修医のバッジを付けている若い先生もいる。

「大丈夫です」

「そう、良かった。良かったついでにもう一つ、ちょうどお母さんもいらっしゃるのでお話ししたいんですが」

先生から視線を向けられたお母さんは、少し緊張したように顔を引きつらせながら「はい、なんですか」と答えている。先生は一度咳ばらいをして、言葉を続けた。

「先ほど検査結果が出たんですが……」

なんだろう、お母さんの緊張が私にも伝わってきたのか、心臓がバクバクと激しく音を立て始めた。

「手術、しましょう」

一時停止したかのように一瞬思考が止まり、スロー再生するかのように私とお母さんはゆっくりと互いの目を合わせた。

「手術……出来るんですか？」

言葉が出ない私の代わりに、母が先生に向かってそう言った。私はまだどこか他人事のように感じている。だってこんなこと……一度目にはなかった。

「後で詳しく説明しますが、腫瘍がだいぶ小さくなってきたので」

母は口元に手を当て、大きく息をついた。そしてその目からは、ぽろっと涙が零れ落ちる。

「美琴ちゃんが治療を頑張ったからだよ。今まで学校も沢山休んで寂しかったと思うけど、本当によく頑張ったね」

ようやく全てを理解した私はお母さんの手を握り、声が漏れないようにと布団に顔をうずめた……。

明日、父を含めた全員で手術の日程や詳しい話を聞くことになり、血液検査の数値が戻ったら一度退院し、手術の前に再び入院となる。


そして次に私が登校したのは、一度目と同じ終業式の日だった。前は彰君が病院にお見舞いに来てくれたけれど、今回は入院のことは話していないから当然来ていない。だから彰君に会うのも久し振りだった。

「凄い長かったから心配したよ。ＬＩＮＥでは元気そうだったけど、大丈夫？」

「うん、全然大丈夫だよ。ちょっとしつこい風邪だったみたいで。元々体弱い方だから悪化しないように、完全に治るまで休んだ方がいいって親に言われちゃってさ。本当は早くみんなに会いたかったけど」

「そっか、なら良かった」

隣同士で座る二人の間に沈黙が訪れると、私達は目を合わせた。

「あのさ……」

「あの……」

二人の声が重なり、再び沈黙が流れる。

「な、なに？　美琴からどうぞ」

「ううん、彰君から」

譲り合っているのが少し恥ずかしくて、私は肩をすくめた。

「そう？　じゃあ俺から」

「うん」

「あのさ、今日の夕方……少し時間ある？」

「えっ!?」

思わず素《す》っ頓狂《とんきょう》な声を上げてしまった。どうして……彰君から？

「ダメかな？」

「ううん、ダメじゃない。私も同じこと言おうとしたの」

「ほんとに？　良かった。じゃああの公園のベンチに、そうだな……午後四時半くらいで平気？」

「えっと……その時間以外は、ダメかな？」

「あー、実はこの後大和達と俺ん家《ち》の近くに飯食いに行くんだ。でも美琴がその時間ダメなら早めに切り上げるか、もしくはもっと遅い時間でもいいし」

「ううん、いいの。大丈夫。私も話したいから、来てね」

「おう、行くよ。でも病み上がりだから温かくして来なよ」

「分かった」

彰君の方から話したいと言ってくれるなんて、一度目とは全然違う。だから大丈夫だ。時間をずらせたらいいと思ったけれど、そんなことしなくても今度はきっと、来てくれる。手術が決まったように、奇跡はきっと起こる。

「来年はいよいよ三年生だからな、休みの間も気を抜かないようにしろよ」

式が終わり教室で最後の挨拶をすると、理紗が一目散に私の席へ駆け寄って来た。

「理紗、どうしたの？」

「あのさ美琴、この後どうしてるの？」

「私？　家に帰るけど」

「じゃ、じゃあさ、美琴も一緒に来ない？」

この後理紗は確か、部活のみんなとファミレスに行くと言っていた。そこに私が混ざるのはだいぶ違和感がある。

「私はいいよ。先輩も来るんだし、部活のみんなと楽しんでおいで」

「……」

「理紗?」

「あっ、ごめん。そうだよね、分かった。また連絡するから」

私が行かないと言うことは理紗もきっと分かっていたのだろう。それでも気遣ってくれるところが理紗らしい。そのまま理紗と別れ、私は学校を後にした。

家に帰った私は、着替えることなく制服のままベッドに腰を下ろした。引っ越して来た時は慣れなかった自分の部屋も、実質六ヶ月近く過ごした部屋なのだから今ではすっかり居心地の良い空間になっている。

今日が終わったら、明日の私はどうなっているんだろう。カレンダーに目を向け、ふと考えた。

もし彰君が来てくれたとしても、同じように踏切事故が起こったら……。せっかく手術が決まったのに、もしそのまま明日を迎えてしまったら……。

言いようのない恐怖と不安が体中を駆け巡る。どうせ死ぬのだと諦めていたはずなのに、こんなにも恐怖で心が震えるのは、側にいたいと思える人がいるから。私がいることで彼が頑張れるのなら、ずっと側にいたい。私自身も、好きな人のために出来ることを頑張りたいと、そう思っているからだ。

ベッドに足を上げ、膝を抱えて小さくうずくまる。どうか、奇跡を起こして下さい……。

午後四時二十分、公園に着いた私はベンチに座った。桜の花は、当然まだ咲いていない。

どうして手術が出来るようになったのかは分からないけれど、一度目と二度目で明らかに違っていたのは、私の気持ちだった。全てを諦めていた一度目は、最後の最後で大きな後悔をした。だから二度目は普通に高校生活を送ることを選び、そして私に出来ることをやって吉見君を助けたいと思った。それが、運命を変えたのだろうか。

時々思うことがある。もし彰君が隣の席じゃなかったら、私の手を引いて一緒に走らなかったら、一緒に笑い合わなかったら、こんな気持ちは生まれなかったのかもしれないと。全ては神様が作り出した偶然。でもその偶然のお陰で、私は初めて恋をした。諦めたはずの高校生活を、楽しいと思えた。自分はなにもないと諦めている彰君の、頑張る力になりたいと思った。

だから彰君が来たら、病気のことを話そう。手術のことも全部。そして、私の気持ちを伝えよう……。

一度目と同じように三十分が経過し、図書館の時計が午後五時を知らせる。

まだ大丈夫。きっと、大丈夫。ここで待ってるから、だからお願い。

私は目を瞑り、ただひたすら祈った。

徐々に陽が沈み、戻って来る冬の気配が肌に突き刺さる。冷たい風を受け、私は両腕で体を抱きながら背中を丸めた。

背後から聞こえてくる穏やかなメロディーは、今日ここに座ってからもう二度目だった。目を開けると、いつの間にか零れ落ちた一筋の滴が、冷えた頬を伝う。

やっぱり、変わらなかった。今度は彰君から誘ってくれたけれど、結果は前と同じ。やっぱりここには来ない。

蕾を付けた桜の木は、今日も寂しそうにぽつんと立っている。

立ち上がり、木の幹にそっと手を触れた後、家に向かって歩き出したけれど、私はその足をすぐに止めた。これから起こることを知っているのに、このまま帰ることなんてやっぱり出来ない。私は体を反対に向け、再び歩き出す。

思い出すだけで恐怖に全身が震えてくるけれど、最後に握ったあの小さな手の温《ぬく》もりを、私は覚えているから。

歩きながら、拭っても拭っても溢れてくる涙。踏切の警報が、悲鳴のように夜空に響いている。

私はもう、夢は見ない。だから、神様……。

——たとえ一生桜の花が咲かなくても……彼の側にいさせて下さい……。

第四章　last time

ただ、側にいたい

　私は二度、命を落とした。それなのにまた朝を迎えている。けれど驚きはしない。だって私は……。

「美琴、起きてる？」

「うん、起きてるよ。今行く」

　真新しい制服を着て、鏡の前に立った。泣いたはずなのに目は腫れていない、でも酷い顔だ。

　もう一度やり直せて嬉しいのか、それとも彰君が来なかったことが悲しいのか、もう分からない。ただ一つだけ分かっていることは、今日彼に会えたとしても、私はもう彰君とは呼べない。今度はずっと、吉見君のままだ。そうしないと、私はまた……違う、もっと……彼を好きになってしまうから。

　支度を終えた私は母と一緒に家を出て、学校へ向かった。駅の前で一度立ち止まり振り返ると、公園のベンチの横にある一本の木が目に映った。遠くからだと蕾のない細い枝が、まるで枯れているように見える。

「すぐに友達出来るから大丈夫」

「うん」

「なにかあったらすぐに言うのよ」

「うん」

「病院も通いやすくなったし、きっと大丈夫だから」

分かってる。大丈夫だよ、お母さん。楽しく過ごすから。友達も作って、ちゃんと普通に高校生活を送るから。

何度も歩いた一本道、何度見ても古い校舎。でもこの学校は、どこか懐かしさもあって私は嫌いじゃない。

校長先生と担任と話をし、病気のことは言える時に自分の口から言うとそう伝えた。教室の前に立っても緊張はしないけれど、ただ少し怖いのか、手が震える。

「今日からこのクラスの一員になる雪下美琴さんだ。じゃあ簡単に挨拶して」

上手く出来るのか自信がないけれど、もう決めたんだ。

「雪下……美琴と言います。よろし……」

今ここにいる彼は、なにも知らない。挨拶を交わしたことも笑い合ったことも、私がどんな病気なのかも、頑張る理由も……全部。

「雪下美琴です。この学校の近くにある大学病院に通うため、転校して来ました。私は……病気です。だから、体育は見学が多くなるし放課後遊んだりとかもあまり出来ませんが、よろしくお願いします」

真っ直ぐ前だけを見て、私はそう言った。

「あそこの空いている席で。おい吉見、頼むぞ」

そしてゆっくりと足を進めて自分の席に向かい、吉見君の方は見ずにすぐ背を向けて座った。

「よーし、それじゃあ授業を始めるぞ」

左側にちらっと視線を向けると、私を見ていた吉見君と目が合った。また会えた喜びと、もう二度と近づけない悲しみに胸が引き裂かれるようで、心が痛くて苦しい。

「あ、吉見彰です。よろしく」

吉見君がそう言うと、私は静かに目を伏せ前を向いた。これでいい。吉見君とだけは、前のように言葉を交わさないと決めたんだ。

吉見君をもっと好きになってしまったら、私はまた明日を夢見てしまうから。けれど何度繰り返しても、きっと待ち合わせに吉見君は来ない。だから私は、夢を見ないと決めた。

今の吉見君にとって私はただの転校生だけれど、私にとって吉見君は、これからもずっと頑張る理由なんだ。もうそれだけで、じゅうぶんだから。

たとえ笑い合えなくても、話が出来なくても、ただ側にいられるだけでいい。二度目の踏切事故の瞬間、自分でそう願ったのだから……。

転校一日目は、これまでと同じように休み時間になると理紗やクラスメイトが私の周りを取り囲んだ。そして何度も聞かれてきた質問に、私は答える。みんな優しく接してくれていたけれど、私は上手く笑えていたのかな。笑っていたつもりだけれど、自分の顔は見えないから分からない。

昼休み、吉見君から話しかけられた時はあからさまに避けるような態度を取ってしまった。もっと自然に出来ればいいのだろうけれど、私には無理だった。中途半端な態度は取れない。吉見君とは出来るだけ喋らない、顔を見ない、そうしないとつい微笑んでしまいそうになるから。


「行って来るね」

二日目を迎え、家を出た私は公園に向かった。いつもの時間に出るつもりだったのに、心の奥にある吉見君への想いが私を急《せ》かした。ダメだと言い聞かせても、体が勝手に動いてしまう。ベンチに座り、静かに目を閉じた。

もうこれで、最後にするから。この先何度繰り返そうと、私はもうこの時間に学校へは行かない。だからお願い。私にとってとても大切な今日を、あの瞬間をもう一度だけ……。

図書館の時計の音が耳に届くと私は立ち上がり、学校へ向かった。始業時間に間に合わないと諦めたのか、生徒が数人のんびりと歩いている。

学校に近づくにつれて、心臓の鼓動が激しさを増していく。胸に手を当てながら歩いた。まだなにも起こっていないのに、一筋の強い想いが心の底から溢れてしまいそうになる。

うしろから足音が聞こえてきたのは、門が見えた時だった。足音と重なるように響く鼓動。嬉しいのに、徐々に湧いてくる悲しみを感じていると、うしろから伸びてきた手に腕を掴まれた。私はそのまま、彼に引っ張られるようにして走り出す。

風を切り、歩いている生徒の横を二人で駆け抜けた。初めて走った時は本当に驚いて、この人はなんなんだって思った。二回目は、ただただ嬉しかった。そして今は、とても苦しい。

門の中に駆け込むと、私は吉見君の手を振り払った。この手を待っていたはずなのに、自分から。息を整えようと、前屈みになりながらゆっくり呼吸をする。

「あ、ごめん……ギリギリ間に合うと思ったから……」

そして私は、口を開いた。

「……だって」

「えっ？」

「私……病気だって言ったよね？」

「……あっ。ごめん！　本当にごめん！　普通に忘れてた」

深く頭を下げた吉見君。私は強く唇を噛んだ。泣いたらダメだと言い聞かせているのに、溢れそうになる。必死に涙を堪えていると上手く呼吸が出来なくて、言葉にならない想いに瞳が潤む。

ねぇ吉見君。この涙は、悲しいからじゃないんだよ。私の心をほぐしてくれたあなたの言葉を、普通でいたいと願っていた私にくれた何げない言葉を、また聞けたから。

嬉しいのに、笑うことが出来なくてごめん。あの時みたいに、二人で声を出して笑い合えなくて、ごめんね。私の涙にあなたはきっと戸惑うと思うけれど、どうか許して下さい。笑ってしまったら、あなたとの距離が近づいてしまうから。あなたをもっと、好きになってしまうから……。

霧の中にいるように目の前が霞《かす》むと、ついに涙を堪えきれなくなった私は、俯きながらその場を去った。

その日の家庭科の授業では、吉見君から話しかけられることを覚悟していた。私なりに精一杯冷たくしたつもりだったけれど、私の描いた猫の絵をまた『タヌキ』だと言われた時は、少しだけ笑いそうになった。そしてやっぱり、何度描いてもタヌキにしか見えないなと思った。

お兄さんと比べられてしまうと吉見君が言った時も、もっと自信を持っていい、そう思ってしまうのは吉見君が自分に自信がないからなのだと、そう言いたかった。でも私はなにも言わず、ひたすらプリントを見つめた。


転校から一週間が経った六時限目、三組と四組は体育で校庭に行っているけれど、私は見学だった。寒空の下でみんなが頑張っている中、私はトイレに行くと先生に伝えて校舎の中へ入った。授業中、人の姿がない寂しげな廊下を歩き、男子が着替えをしていた二年三組に向かう。

中に入ると、それぞれの制服が机の上に置いてあった。私の机の上にも置いてある。四組の誰かの制服だろう。私は吉見君の机の横でしゃがみ、かけてある鞄の中から一枚のプリントを取り出し、自分の鞄の中に入れた。

その後、再び校庭に戻り体育の授業が終わると、着替えをして今日の授業は終了した。クラスメイトが下校をしたり部活に向かったりする姿を見届けながら、教室に誰もいなくなるのを待った。ただ席にジッと座っていたら誰かに「なにしてるの？」と聞かれそうな気がしたから、意味もないのに校舎をウロウロしながら。そして校舎にいる人影が少なくなったと感じたところで教室に戻った。

窓の外から微かに声が聞こえてくるけれど、教室には誰もいない。私は自分の鞄から一枚のプリントを取り出し、吉見君の机の中にそっと入れた。そして何事もなかったかのように学校を後にする。

こんなやり方しか思い付かなかった。明日一緒に学校に行こうなんて、言えるはずがないから。これで上手くいくかどうかは分からない。先生に散々釘を刺されたらしい吉見君が、見つかるまでプリントを探すかどうかも分からない。すぐに諦めて、まあいいかと思ってしまうかもしれない。でも、吉見君のために今私に出来ることは、これが精一杯だった。後は祈るだけだ。

明日提出を忘れたら絶対に怒られるんだから、せめて二十分くらいは探してほしい。家を出る時間が、交通事故が起こる時間から少しだけずれてくれたらそれでいい。今日帰ったら、近くの神社にお参りに行こう。どうか明日吉見君が事故に巻き込まれませんようにと。天国にいるお婆ちゃんにも、神様にも、お願いをしよう。こんなことしか出来ない自分が情けないけれど、なにもしないよりはずっといい。

翌日、吉見君はチャイムが鳴っても登校して来なかった。不安で、心臓が押し潰されそうだった。最初の転校の時、先生から吉見君が事故に遭ったと聞いた瞬間の気持ちと同じように、怖くて仕方がなかった。

けれど先生の口から吉見君の名前は出ず、そのまま授業が開始された。そして十分が経過したところで、吉見君が「寝坊しました」と言いながら教室に入って来た。体中に絡みついていた鎖がようやく解《ほど》けた私は、安堵のため息をつく。

「なに、寝坊?」

「いや、ちょっと探し物してて……」

渡辺君の言葉にそう返事をした吉見君。やっぱりちゃんと探してたんだ。吉見君なりに、進路のことを真剣に考えているという証拠だ。本当になにも考えていなかったら、プリントなんてどうでもいいはずだから。

私が昨日机の中に入れたプリントを見つけた吉見君は、がくりと机の上に頭をのせた。ごめんね、私が隠したんだ。口には出せないけれど、私は心の中でそう呟いた。

休み時間、理紗が吉見君の席までやって来て提出するプリントの話をしている。聞こえてくる会話に耳を傾けていると、理紗は振り返って私の机の上に手を置いた。

「美琴も進路調査って書いたの?」

突然の問いかけに、私はすぐに「ううん」と言って首を振る。少し驚いたけれど、理紗はまた吉見君と進路の話を始めた。吉見君は就職と書いたらしいけれど、今はそれでいいと思う。まだ一年もあるのだし、この先どう変わるのかも分からないのだから。

いつか吉見君にもやりたいことや夢が見つかって、それが現実になったらいいなと思う。でもそうなった時、きっと私はもういないけれど……。

「就職かー。そうだ、ねぇ美琴、彰ってどんなふうに見える？」

再び突然話を振られ、今度は本当に動揺した。だって、吉見君のことを聞いてきたから。

「どんなふうって……」

どう答えたらいいのだろう。ここにいる私は、吉見君のことをまだなにも知らないし、吉見君も私のことを知らない。

「印象だよ。どう思った？」

困った私は、一番最初に抱いた吉見君のイメージを素直に伝えた。

「普通の……人、かな……」

私の言葉に対して、吉見君は喜んでいるようだった。かっこいいとか優しいとか頭が良さそうだとか言ったわけではないのに、どうしてそんなに喜ぶのか、吉見君の心の中が分からない私は不思議に思った。そして「仲良くしてあげてね」と理紗に言われた私は、また頷くことしか出来ない。

チャイムが鳴ると、座っている吉見君が私の方を向いていることに気が付く。

「あのさ俺、ほんとなにもないし雪下さんの言う通り普通だけど……でも、雪下さんと友達になりたいんだ」

思わず左側を向きそうになったけれど、手に力を込めてジッと机の上を見つめた。私だって、友達になりたい。本当は話したい。でも、それは出来ないんだ……。

その日から、吉見君は毎日私に話しかけてきた。吉見君の言葉に私は頷いたりするものの、決して吉見君の目を見なかった。他のクラスメイト、特に理紗とは相変わらず仲良くしていたけれど、吉見君のことだけは出来るだけ避けた。分かりやすいくらい冷たくした。避けていないと、毎日話しかけてくる吉見君に、いつか私の心の糸が切れてしまうような気がしたから。糸が切れてしまったら、「ごめんね、本当は好きなんだ」と、そう言って泣いてしまうから。


一月も下旬になり、寒さも一層増していた。いつ雪が降ってもおかしくないけれど、今年は降らないことを私は知っている。

自分の部屋で宿題を終えた私は、スマホを手に取った。両親と病院、理紗とクラスメイト数人、それと吉見君の連絡先が入っている。吉見君の連絡先は、今の私が交換したわけではない。前に二度交換したアドレスを覚えていたから。

メール画面を出し、私は吉見君宛てにメールを送った。

【球技大会、絶対バスケに出てほしい。】

吉見君は私のアドレスを知らないから、当然誰が送ってきたのかは分からない。悪戯かと思われるかもしれないけれど、テストが終わったら球技大会がある。しかも男子の競技はバスケとサッカー。こんなにもどんぴしゃな情報を今送るのだから、クラスメイトかもしくは学校の誰かだと思うのが自然だ。

それに吉見君は咄嗟の時、あまり深く考えない性格なのも知っている。だからこのメールを見たら、きっと競技を決める時にバスケに手を挙げるだろうと思った。というか、そう信じたい。

こんなやり方しか出来ない自分が嫌だけれど、今度は「彰君」と叫ぶことは出来ないから。スマホを置きベッドの上に寝転ぶと、サッカーの苦手な吉見君が必死に走っていた姿が頭の中に浮かんできた。本当は叫びたいよ。「彰君、頑張って！」って、そう言いたい。

両手で顔を覆っていると、メールを知らせる着信音が鳴った。

【誰？】

送られてきたたったそれだけの言葉に、ぽっかりと胸に穴が開いたようなどうしようもなく寂しい気持ちになった。私だと分からなくて当然なのに、むしろ分からないからこそ送ったのに。吉見君を遠くに感じるこの悲しみに、私はいつまで耐えられるんだろう。

翌日の朝、球技大会の競技を決めた時、吉見君はバスケに手を挙げてくれた。一度目の時、サッカーに出た吉見君は相手に怪我をさせてしまった。その時はたいしたことなかったけれど、今度もそうだとは言い切れない。もっと酷い怪我だったら、相手の生徒もそうだけれど吉見君も傷つくことになってしまう。今の私は直接吉見君に声をかけることが出来ないから、バスケに出てもらうという方法しか思い付かなかった。

そして昼休み、理紗達と一緒にお弁当を食べていた私は席を立った。お弁当を食べ終わった吉見君が教室を出たからだ。

「ちょっとトイレ行ってくるね」

「あのさー、美琴」

「なに？」

理紗に呼び止められ、席を離れようとした私は立ったまま理紗に視線を向けた。けれど理紗は、なにも言わずに俯いている。

「どうしたの？」

もう一度声をかけると、理紗は顔を上げた。

「ううん、やっぱなんでもない。待ってるから、早く戻って来てね」

その言葉に頷いた私は、教室を後にした。そして急いで職員室へと向かったけれど、そこにいるはずの先生がいなかった。体が大きくて、強面の先生。なんでいないの？前は確かに職員室にいたのに。

なにかが少し変わってしまって職員室にいるはずの先生がいなくなった、ということなのだろう。提出するはずのプリントをなくしたり、サッカーに出るはずの吉見君がバスケを選んだりと二回目と違う展開になったのだから、こういうことが起こってもおかしくはない。とにかく考えても仕方ないのだから、探すしかない。

私は職員室をもう一度よく見回した後、職員室で先生を探すのは諦め、教室のある棟の一階から順番に回って先生を探した。こんなことなら、どのクラスの担任なのかくらい調べておけば良かった。小走りで一階の廊下を抜け階段を上がろうとした時、第二校舎の一階にいる先生の姿が視界に入った。とても大きいから目立っている。

私は急いで先生の元に行き、「すみません！」と声をかけた。息が切れていて思うように声が出ないけれど、大きく息を吸い込んでもう一度呼んだ。

「すみません、先生！」

自分のことかと気付いた先生は、私を見て驚いた表情を見せている。安心したせいもあり、職員室で私が声をかけた時と同じ顔をしている先生に、少し可笑しくなった。

先生に部室の前で生徒がもめているという話をすると、先生は「様子を見てくる」と言ってくれた。前よりも少し時間がかかってしまったけれど、これで大丈夫。そう思った途端、体と気持ちの疲れが一気に押し寄せてきた。少し休もうと、廊下の壁に寄りかかるようにしてしゃがみ込んだ。

「美琴！」

どこかから私を呼ぶ声がして顔を上げると、廊下の先から理紗がこちらに向かって走って来ているのが見えた。よく通る声でもう一度「美琴！」と呼ばれて、私はゆっくりと立ち上がる。

「理紗、どうしたの？」

「どうしたのじゃないよ。なかなか帰って来ないし、体育館の方にもいないから心配したんだよ。見つけたと思ったらしゃがんでるし、大丈夫？　どっか具合悪いの？　なにかあったら遠慮なく言ってね」

とても早口で必死にそう言ってくれる理紗に、私は微笑んだ。

「大丈夫だよ。心配してくれてありがとう」

最初からいつも私を気にかけてくれている理紗の優しさが、今の私には痛いほど心に沁《し》みる。

教室に戻り昼休みが終わると、吉見君と渡辺君が教室に入って来た。けれど私はすぐに、その異変に気付く。誰も気にしていないようだけれど、教室に入って来た時からずっと吉見君は左の頬に手を当てていた。

自分の席に向かっている吉見君がその手を下ろした時、私は思わず「あっ」と小さく声を漏らした。左の頬が、赤くなっていたからだ。腫れてはいないようだったけれど、確かに赤かった。

普通なら気にならない程度なのかもしれないけれど、昼休みになにがあったのかを知っている私にとってはその赤みが殴られて出来たものだと分かる。

席に座り左頬を気にしている吉見君を、私は見つめた。先生を見つけるのが遅かったからだ。私がもっと早く走っていれば殴られずに済んだのに。

「どうしたの？」

私の視線に気付いた吉見君がそう聞いてきた。吉見君とは話さないと決めていたけれど、聞かずにはいられなかった。

「それ……」

「え？」

「それ、どうしたの？」

「それって？」

「ほっぺ……赤い気がするけど……」

確認するかのように窓ガラスに薄っすら映る自分の顔を見ている吉見君。

「赤くなってる？」

「……うん」

「ちょっと昼休み色々あってね」

「色々って……」

「あー、えっと、ここだけの話、人生で初めて人に殴られたんだ。でもここに一発だけだから大丈夫だけど」

吉見君が返してくれた言葉に少しだけ気持ちが緩んだ。

「一発だけ……」

思わずそう呟いてしまった私は、そのまま何事もなかったかのように前を向いた。

一発だけだからいいという問題ではないけれど、何度も殴られていないのなら良かったと、心の中で安堵する。それと同時に、久し振りに吉見君と会話をした喜びがじわじわと湧き上がってくる。

言葉を交わしたことの喜びと、それ以上にはなれない悲しみ。平然を装っている私の心は、人知れず静かに泣いていた。


二月も残り僅か、今日は風が冷たいからマフラーをして行って正解だった。寒空の下をこうして一人で歩いていると、周囲を歩く人たちの楽しげなざわめきがどこか遠くにあるように感じる。

テスト後に行われた球技大会。サッカーは優勝したけれど、女子のバレーボールは二回戦敗退だった。二度目の時は勝ったのに、今回は理紗の調子があまり上がらなかったように見えた。残念だけれど精一杯戦った結果なのだから仕方がないし、みんな本当に頑張っていたと思う。

吉見君が出たバスケはというと、一回戦で敗退。私は、応援に行かなかった。見てしまったらきっと声を出してしまう。「頑張れ」って、そう言ってしまう気がしたから。吉見君は頑張ったんだろうか、必死に走ったのかな。きっと吉見君なら、精一杯やったに違いない。

本当は応援したかった。私が避けているにもかかわらず未だに毎日話しかけてくれる吉見君の言葉に、本当は答えたい。心が冷えた石のように感じているのは寒さのせいではなくて、どうしようもない孤独に心が支配されているからだ。こんなことを続けて、意味なんてあるんだろうか。

駅を通って反対側の出口に出ると、そこから見える一本の木を見つめた。一度目も二度目も、図書館に行った時は必ずあの木を見に行っていたけれど、三度目の今は一度も行っていない。いつまで経っても蕾のまま一本だけそこに立っている桜が、自分に似ている気がしたから。

今日私があのベンチに座ってしまったら、どうなるのかは分かっている。公園に近づく度に震える足を少しずつ進め、意味のない毎日に終わりを告げるために、私はベンチに座った。

見上げると、そこには咲くことのなかった桜の蕾がある。ごめんね、私のせいで花を咲かせてあげられなくて。こんなに長い時間蕾のままにさせてしまってごめん。でも、もう終わりにするから。

ただ側にいられるだけでいいと思っていたけれど、それは私の幸せでもなんでもなかった。吉見君がすぐ側にいるのに、笑い合えないことがこんなにも辛いだなんて思わなかったんだ。一生懸命話しかけてくれる吉見君を避けるのは、もう限界だよ。本当は、好きなのに……。だから、私は吉見君のために頑張ると決めた。恐怖を乗り越えて、吉見君に明日を見せてあげたい。

吉見君と話をしなくても、仲良くならなくても、吉見君の頑張る理由がたとえ私ではないとしても、どうでもいいなんて思わずに吉見君には精一杯生きてほしい。明日を生きることが出来ない私の願いは、ただそれだけだから。

長い髪が風に揺れると、俯いていた私の目に黒い靴が映り込んできた。

「よ、よぉ」

目の前に立っている吉見君を見上げた後、私は再び俯く。

「えっと、ここ、座っていい？」

返事をしなかったけれど、吉見君は私の隣に腰を下ろした。まだなにも伝えていないのに、悲しみに心が押し潰されそうになる。

「今日休みだったけど、風邪？」

私は静かに首を横に振った。

「こんな所でなにしてるの？　今日はいつもより冷えるから、風邪引いちゃうよ？」

吉見君への想いと、それが叶わないことへの悲しみが重なる。私は自分の体を両腕で包み込んだ。

「桜、今年はいつ頃咲くかな」

咲くよ……今年は綺麗なピンク色に染まったこの桜の木を見られる。吉見君はきっと……見ることが出来る。

私は吉見君の目を真っ直ぐ見つめながら、心の中でそう呟いた。

「あ、あの……そうだ、雪下さん、桜祭りって知ってる？　三月下旬頃に毎年開催される結構有名なお祭りなんだけどさ、向こうの広場が満開の桜で一面ピンクになるんだ」

知ってるよ。あなたから二度も聞いたんだから。初めて聞いた時は、満開の桜の花を想像して見てみたいと思った。二度目は、その桜の花を吉見君と……。

「あのさ、雪下さん。もしよければ、一緒に……」

その言葉と同時に、私は立ち上がった。

「……っ、私！」

一瞬キュッと目を瞑り、そしてまた吉見君を見つめる。

「私……ぬの」

「えっ、なに？」

桜祭り、吉見君と一緒に行きたかった。

桜の花が咲いたところを、吉見君と一緒に見たかった。

「私ね……、死ぬの」

降り注ぐ桜の花びらの下で、吉見君と笑い合いたかった。

「……え、死ぬって……なに言ってんの？」

「死ぬの。どうせ死ぬの！　だから……」

吉見君に……好きって伝えたかった……。

「だから、私に近づかないで！　話しかけないで！　お願い、お願いだから……笑いかけたりしないで！」

でもね、この桜が咲く頃には、私はもういないんだ。繰り返す毎日の中であなたの側にいられればいいと思っていたけれど、次はもう……終わりにするから。

零れ落ちる大粒の涙を拭うことなく、私はその場を去った。

あなたにだけ冷たくてあなたを避けてきた私のことなんて、忘れていいから。思い出さなくていい。変な転校生だったなって、そう思うだけでいいから。

あなたと出会えて笑った日のこと、あなたが毎日話しかけてくれたから学校が楽しいと思えたこと、あなたの友達を思う優しさを知ったこと、あなたが頑張る姿を見られて嬉しかったこと、あなたを好きだと気付いた日のこと、幸せだと思えた日々を、全部私が覚えているから……。

会いたい

『私ね……、死ぬの』

あの言葉がどういう意味だったのか、聞ける機会が訪れないまま三学期が終わった。

雪下さんはあれから、一度も学校へ来なかった。担任は体調を崩して入院していると言っていたが、本人の希望で面会は出来ないとのこと。思い切って雪下さんの家へ電話したこともあったが、雪下さん本人がクラスメイトには来てほしくないと言っていたそうで断られた。仲の良さそうだった理紗でさえ断られたのだから、雪下さんの思いが強いと知った俺は無理に行くことも出来なかった。

雪下さんに会えないまま時間だけが過ぎていく中、俺の頭の中は毎日雪下さんのことでいっぱいだった。今の俺にとって夢中になれるのは雪下さんだと大和に言われてから、俺はずっと考えていた。冷たくされているにもかかわらず、どうして雪下さんのことがこんなにも気になるのか、どうして話がしたい、知りたいと思ってしまうのか。もしかしたらそこに具体的な理由なんてないのかもしれない。

転校生がやって来て、俺の隣の席になって、彼女の手を引いて走って、泣き顔を見た。今までなんにも興味を示さなかった俺が、雪下さんに必死に話しかけたりもして、他のクラスメイトに見せる笑顔や少しだけ交わした会話を思い出すだけで、心臓の鼓動がやたらと速くなったり。そして最後に聞いた彼女の言葉に胸が苦しくなって、意味が分からないのに、泣きたくなった。

雪下さんが来ない毎日が続く度、明日は来てほしい、明日はきっと来ると祈っている自分がそこにいた。今更気付くなんて遅いけれど、それら全てが、雪下さんのことが好きだという証だったんだ。

こんな俺が雪下さんを好きになってても仕方がないと思っていたけれど、雪下さんを好きになったからこそ、学校が楽しいと思えたのも事実。精一杯頑張ることをしなかった俺が球技大会の日、雪下さんが見ているかもしれないと思っただけで頑張ろうと思えた。下手だったけれど、自分なりに一生懸命やったと思う。雪下さんは見ていなかったし結果負けてしまったが、それでもなぜか気持ちは晴れやかだった。そんな気持ちになれたのは、雪下さんへの想いがあったからで、つまり……雪下さんがいるから、俺は頑張れたのかもしれない。

春休みが終わったら、雪下さんにまた会えるんだろうか。クラスは別々になってしまうかもしれないけれど、会いたい。でも本音を言えば、春休みの間に会いに行きたい。入院のことも心配だし、一度顔を見るだけでもいいから、面会は叶わないんだろうか……。

「……ら！　彰！」

はっとして顔を上げると、目の前に大和の顔があった。驚いた俺は思わずのけ反る。

「な、なんだよ」

「なんだよじゃねーし。こっちの台詞だろ」

やたらと騒がしい周囲に目を向けると、ここがファミレスだったということを思い出した。そうだった、終業式の後に大和を含むクラスの男子数人で飯を食いに行くことになって、今俺はここにいる。正直会話はもちろんのこと、自分がなにを食べたのかも思い出せない。

「お前ずーっと心ここにあらずだな」

ずっとぼーっとしてたんだ、普通なら少し怒ってもいいところだが大和の顔はなぜか少しニヤついていた。他の奴らはなんの話をしているのか知らないがやたら盛り上がっている。

「気になるなら行けばいいだろ。ここぞという時に限ってそんなに悩んでどうすんだよ」

「俺は、別に……」

「いつもみたいにやればいいんだよ。俺を助けてくれた時みたいに、なにも考えずにさ」

そう言って大和は俺から視線を逸らし、そのまま他の奴らの会話に交ざった。

だからあれは、別に助けたわけじゃ……。でも、そうだよな。こういう時こそなにも考えずに突っ走ればいいのに、俺はなにを悩んでいるんだろうか。

そんなことはないと分かっていても、もしこのまま二度と会えなくなったらと思うと……。

「悪い、俺……先帰るわ」

一瞬だけ顔を上げた大和が、「おぉ、じゃあまたな」とそう軽く言って手を振った。

自分が注文した分の金を置いた俺は、そのままファミレスを後にした。

一旦家に帰ると、学校から持ち帰って来た荷物を下ろす。大抵の奴は終業式までに荷物をこまめに持ち帰っていたが、それをしなかったお陰で今日はやたらと荷物が多い。要領が悪いな、俺は。

ベッドに座って一息ついたところで、考えた。転校初日、雪下さんは近くの大学病院に通うために……と言っていた。学校の近くにある大学病院は一つしかない。恐らく雪下さんはそこに入院しているんだろう。制服のまま行ったら、クラスメイトのお見舞いだと思って部屋の番号を教えてくれるだろうか。もし教えてくれたとしても、雪下さんには確実に嫌われるだろうな。ただでさえ良く思われていないのに。まぁ、そんなことはどうでもいい。俺はただ、俺の気持ちのままに突き進むだけだ。

家を出る準備をしたところでインターホンが鳴った。母親が出るだろうと思ったが、何度も鳴るインターホンに今日はパートに出ているということを思い出した。急いで階段を駆け下り玄関を開けると、立っていたのは理紗だった。

「どうした？」

なにか怒っているのだろうか、険しい顔で俺を見ている理紗。よく見ると、泣いた後のように少し目が腫れている気もする。思い当たることがなにもない俺は首を傾げた。

「話があるんだけど、ちょっといい？」

「話って……」

返事をする前に、理紗は俺の横をすり抜けて家の中に入った。まるで自分の家かのように靴を脱ぎ、階段を上る。

「ちょ、理紗。おいってば」

声をかけても振り向きもせず、俺の部屋へ入って行った。

「あのなー、なに勝手に入ってんだよ」

年頃の女が男の部屋にずかずかと入って行くかよ。そう思ったが、理紗と俺の関係だからこそ許されることだ。いいと言っていないのに勝手に入ったことには驚いているが、こうして理紗が俺の部屋に入ってもなんの動揺もない。

「今から出かけようと思ってんだけど」

「どこに?」

「どこって、それは……」

答えに困っていると、部屋の真ん中に立っていた理紗がその場に座った。いいから話を聞け、と言いたいらしい。俺は仕方なく、床に座っている理紗と向かい合わせになるようにベッドに腰を下ろした。

「話って?」

俯いて少し考えているような素振りを見せた後、理紗が言った。

「彰ってさ、まだ中学受験のこと引きずってるの?」

もしかして、今更説教をしに来たのか?『もっと頑張れ』『なんで頑張らないんだ』と事あるごとに言われてきたけれど、それでも一向にやる気を見せない俺のことなんかとっくに諦めていると思ったが……。

「なんだよ今更」

「いいから答えて」

いつものように適当に返事をして終わらせようと思ったが、これまで見たことがないほど神妙な顔つきの理紗から、俺は目を逸らせなかった。それに、今の俺の心の中には雪下さんがいる。これから雪下さんに会いに行こうというのに、以前の俺と同じように適当に答えるというのは違うと思った。

「引きずってるってわけじゃねーよ。ただ、なんもない俺が今更頑張ったところで……」

「なにそれ」

突然立ち上がり、怪訝な顔で俺を見下ろした理紗。

「なんもない俺？　バカじゃないの!?」

「バカって、なんだよいきなり」

「やりたいことも夢もなくて、毎日適当に生きてる俺にはなにもない？　そうなったのは全部自分の責任でしょ？」

理紗の言うことはもっともだ。でも俺は、ガッカリした親の顔を見た日のことを今でもハッキリと覚えている。これまで頑張ってきたことが全部無駄になったのだと感じた瞬間だった。

「そうは言ってもさ、頑張ってもダメなもんはダメだし」

「彰って……ほんとどうしようもないバカ！」

「お前な、さっきから人のことバカバカって」

「だってバカなんだもん！　頑張ってもダメって、なにか頑張ったの？　その後なにか一つでも努力した？　興味ないとかどうでもいいとか理由をつけてなにもしてこなかったのは彰じゃん！」

なにも言い返せないのは、理紗の言うことが正論だからというだけではなく、俺自身がそのことにとっくに気が付いていたらだ。気が付いていたけれど、俺はなにもしてこなかった。つまらないと感じていた学校の行事ももっと精一杯やっていたら、一生の思い出に残るくらい楽しめたのかもしれない。俺はいつも、終わった後にそう思うんだ。心のどこかで、どうせ俺はダメだからと諦めていた。

「彰はさ、なにも分かってないよ。彰は私のこと、いつも元気で正義感が強くて……なんて思ってるかもしれない。大和のことも、彰には輝いて見えているのかもしれない。でもそれは違うよ！」

拳を握り締めている理紗の瞳が、微かに潤んでいるように見えた。

「大和がかっこ良くて輝いて見えるのは、大和自身が頑張ってるからだよ。毎日を楽しむため、自分の夢のために頑張ってるから。私のことだって、そういう人間になりたいと私自身が思って努力してきたからなの。彰はどうして私のことを正義感が強い奴だって思ったの？」

「え、だってそれは、子供の頃からいつも困ってる友達を助けたり……」

すると理紗は、大きくため息をついた。

「やっぱり彰はなにも分かってない……。ずっと一緒にいたのに、彰は私のことを見ようとも知ろうともしなかったよね」

「なに言ってんだよ、理紗は幼馴染みで」

「私、彰のことが好きなの。ずっと、好きだった」

突然の告白に、俺は言葉が出なかった。俺のことが、好き？　どうして……だって俺達は幼馴染みで、理紗はこんな俺にいつも説教して、友達だけど家族みたいな、そういう……。

「今すぐ答えて」

「……え？」

「今すぐに、彰の気持ちを聞かせて」

「すぐって、だって」

「答えられるでしょ？　彰の気持ち、ハッキリ私に教えてよ」

理紗の気迫に負けたからではなく、誤魔化したくなかった。目に涙を溜めながらこんなにも真剣に俺を見つめる理紗に、俺は本気で答えたいと思った。

今までずっと、俺は理紗の言葉を真剣に受け止めてこなかった。何度も俺の尻を叩いてくれていたのに、俺は言い訳を繰り返してそれを受け止めなかった。だから……。

「俺は……俺、雪下さんのことが好きなんだ。最初は転校生だから気になってるだけなのかもしれないと思ったけど、そうじゃなかった。どうして俺にだけ冷たく接するのか分からないけど、それでも雪下さんのことが知りたくて。時々寂しそうにしている雪下さんの横顔を見る度に、不思議と心臓が締めつけられた。雪下さんが見てるかもしれないと思っただけで、球技大会も頑張れた。頑張ったらさ、なんか気分が良かったんだ。自分が自分じゃないみたいな」

「美琴が……彰の頑張る理由だった、ってこと？」

「分からないけど、そうなのかもしれない。夢とか勉強とかじゃないけどさ、雪下さんがそこにいるだけで、頑張れるような気がしたんだ。あっ……ごめん、俺」

「いいの、謝らないで。答えは分かってたけど、自分の気持ちにけじめをつけたかっただけだから。彰の気持ちが聞けて良かった。それで、どうするの？」

落ち着いたようにその場に座り込んだ理紗が、俺を見上げて首を傾げた。多分、雪下さんのことを聞いているんだろう。

「どうしたらいいか正直分かんないんだ。でも、このままなにもしないわけにはいかないっていうか、なにが出来るってわけじゃないけどさ、雪下さんに会いに行こうと思う」

「会いにって、どこに？」

「入院してるみたいだから、病院に行ってみる」

会えるかどうかはわからないが、行かなければ始まらない。いつもの俺らしく、なにも考えずに突き進むしかないと思っている。

「美琴なら、退院してるよ」

「えっ、退院？」

思いもよらなかった理紗の言葉に、俺は唖然とした。

「だから病院に行っても意味ないと思う」

「雪下さんに会ったのか？」

そう聞くと、理紗は頷いた。〝死ぬ〟という言葉がどういう意味なのか分からず不安だった俺は、少しだけ胸を撫で下ろす。退院しているということは、大丈夫なのだろうか。

「美琴の家は、図書館の裏にある茶色いマンションだよ」

そこに行けと言わんばかりに、なにも聞いていない俺に教えてくれた理紗。

「分かった。あのさ、理紗」

「これからも彰にとって私は、口煩いお節介な幼馴染みだから。覚悟しててよね」

「理紗……」

俺にとって理紗は、間違いなく特別な存在だ。いることがあたり前過ぎて、これまで深く考えてこなかったけれど、幼馴染みであり、この世にたった一人しかいない大事な存在。それは俺にとっても、絶対に変わらないこと。

「聞いてもいい？　私から見ても美琴は彰に冷たいって思うけどさ、もしこれが違ってたら……もし美琴が彰に笑顔を見せて、二人が仲良くなっていたとしたら、彰の気持ちはどうだったと思う？」

難しい理紗の質問を頭の中で一度整理をして考えた。どうして俺にだけあんな態度を取るのか気になっていたけれど、それがもし違っていたら……。俺が無理やり走らせてしまった日、雪下さんがもし泣き顔ではなく笑顔を見せてくれていたら……。

「それでも俺は……雪下さんを好きになっていたと思う。避けられてても仲良くなってても、泣いてても笑ってても、俺にとって雪下さんは頑張る理由になってたような気がする。なんでそんなこと聞くんだ？」

「ううん、なんでもない。あのさ、一つ約束してほしいことがあるんだけど」

「約束？」

「美琴と話をして、それで明日……どうだったか私に聞かせてほしい。明日、必ず」

その真剣な表情にどんな思いが秘められているのかを俺は知らない。けれどその約束を守ることが、理紗に対して今の俺が出来る精一杯のことなのだと思った。

「あぁ、分かった」

「絶対だよ、彰のこと信じてるから。それからね、最後に聞いてほしいことがあるの。これを話したら、もう帰るから」

俺に真っ直ぐ視線を向けた理紗。その口から次々と聞かされる話に、俺の頭の中はパンク寸前だった。理解しようにも、頭がついていかない。

けれど鞄を持って立ち上がった理紗は、最後にこう言った。

「美琴のことが好きなら、どうすればいいか分かるよね？」

色んな感情が一気に押し寄せてきて、正直なにがなんだか分からない。でも一つだけ確かなことは、今俺の心の中は雪下さんに会いたいという想いで溢れている。それだけだった。

彼女の秘密

あのベンチで吉見君と会った翌日から、私は入院していた。入院はこれで三度目。寂しさは感じないけれど、言いようのない恐怖と悲しみが四六時中襲ってくる。誰にも言えないこの気持ちと、私は戦っていた。決意が揺らがないよう必死に。

「美琴……起きたの？」

「うん」

椅子に座りながら眠っていた母が目を覚ました。私は目を瞑っていたけれど、眠ってはいなかった。お母さんからチーズタルトを手渡され少し話をしていると、先生が病室にやって来た。そろそろ来る頃だろうと思っていた私は、開けずにいたタルトをテレビ台の上に置いた。

「調子はどうですか？」

「大丈夫です」

「そう、良かった。良かったついでにもう一つ、ちょうどお母さんもいらっしゃるのでお話ししたいんですが」

前回と同じように話を進める先生。もしかしたら今回はまた違う展開になってしまうかもしれないと思っていたけれど、お母さんにいい報告が出来そうで良かった。でも、ここでお母さんを喜ばせることが本当にいいことなのかは分からない。

「先ほど検査結果が出たんですが……手術、しましょう」

「手術……出来るんですか？」

「あとで詳しく説明しますが、腫瘍がだいぶ小さくなってきたので」

先生の言葉を聞いたお母さんの目から、涙が零れ落ちた。

「美琴ちゃんが治療を頑張ったからだよ。今まで学校も沢山休んで寂しかったと思うけど、本当によく頑張ったね」

前に先生にそう言われた時、私は嬉しくて泣いた。けれど今は涙が出ない。自分に訪れる結末を知っている私は、嬉しそうに涙ぐむお母さんの顔をただ見つめることしか出来なかった。

先生が病室を出ると、「良かったね、頑張ったね」と何度も言いながら私の手を握るお母さん。その姿に、どうしようもない悲しみと申し訳ない気持ちが一気に押し寄せてきて、瞳が潤む。

「お母さん、ごめんね……」

「どうして謝るの？」

せっかく手術が決まったのに、手術を受ける前に私は死んでしまう。この繰り返しの日々が終わる時、それは私が事故で命を落とす時なんだ。

「ごめんね、心配ばかりかけて」

「そんなこと気にしてたの？」

顔を上げると、お母さんは微笑みながら私の手を握った。

「子供の心配をするのは親の役目なの、大切だから心配するのよ。美琴が謝ることなんて一つもない。心配かけたくないなんて思わないで、言いたいことがあればなんでも言っていいから。お母さんはそれを全部受け止める」

お母さん……ごめんね……。

手術も受けられずに死ぬのを待つだけだと思っていたのだから、手術が出来て嬉しくないわけない。本当だったら嬉しいはずなのに。喜んでいるお母さんを悲しませてしまうこと、ごめんなさい。

手術をして目を覚ました時、お母さんとお父さんの手を握って笑いたかった。悪いところを全部取って、今度こそ普通に高校生活を送る姿を見せたかった。その先も、私が大人になっていく姿を見ていてほしかった。でも私は、大切な人に明日を生きてもらいたいから。

退院したのはこれまでと同じで、終業式の前日だった。母に終業式はどうするか聞かれ、私は行かないと答えた。会ってしまったら、決意が揺らいでしまうから。

自分の部屋で音楽をかけながら入院中に使っていたものを片付けていると、母が部屋をノックした。

「美琴、友達が来たんだけど、どうする？」

「……友達？」

「同じクラスの藤巻さんていう子、今下にいるけど」

少し考えた後、「上がってもらって」と母に伝えた。

音楽を消し部屋を出ると、しばらくして理紗がやって来た。時刻は十一時、今日理紗は終業式の後部活の先輩達とご飯を食べに行くはずだけれど、学校を出てそのまま家に来たのだろうか。集まりはどうしたんだろう。

「突然ごめんね」

「ううん、大丈夫だけど」

理紗を部屋に招き入れると、母がすぐに飲み物を持って来てくれた。ベッドの前にある小さいテーブルに飲み物を置き、私と理紗はテーブルを挟んで向かい合わせになるように座った。お茶を一口飲みそのまま俯いた理紗。

「どうしたの？」

理紗がなかなか喋り出さなかったため私がそう切り出すと、理紗はようやくゆっくりと顔を上げて私に視線を向ける。

いつ見ても明るい理紗がこんなふうに黙り込むのは珍しい。なにかあったんだろうか。

「あのね美琴、話があるの」

「うん」

「美琴の病気って、どんな病気なの？」

少し驚いたけれど、私は迷わなかった。これまで三回同じ日を繰り返してきたけれど、その中で一度も病気のことを理紗には伝えなかった。言いたくなかったわけではなくて、言うタイミングがなかったからだ。でも今なら言える。

「少し長くなちゃうかもしれないけど、いい？」

理紗が頷くと、私は自分の病気のことを理紗に伝えた。それに加えて最初の転校の時、病院にお見舞いに来てくれた吉見君に話した時のように、病気が分かった日のことや学校でのこと、転校すると決まってからの気持ちも全部。

「……誰とも仲良くならないって決めたけど、今は理紗と仲良くなれて本当に良かったと思ってる」

話している間、理紗はずっと真剣な眼差しを私に向けてくれていた。

「それにね、入院中の検査結果が良くて……手術出来ることになったんだ」

私がそう言うと、理紗は目を見開きパッと顔を輝かせた。

「ほんとに？　手術出来るの？」

「うん、それで完全に治るわけじゃないしその先はまだ分からないけど、でも手術が出来るっていうのは私にとっても家族にとってもとても大きなことなんだ」

私を見ていた理紗がくしゃっと顔を歪ませ、そして俯いた。「良かった、良かった」と何度も呟きながら、肩が小刻みに揺れる。テーブルの上に涙が零れ落ちるのを見た私は、理紗にティッシュを渡した。

「理紗、泣かないで」

そう言いながらも、私自身涙を堪えるのに必死だった。手術が出来ると知って泣いてくれているのに、それはきっと喜びの涙なのに、私はもうすぐ理紗を悲しませてしまう。ごめんね、理紗。一度目も二度目も三度目も、理紗は変わらず最初から私を気にかけてくれていた。毎日私の席まで来て挨拶してくれて、お弁当を食べようと誘ってくれた理紗と友達になれたことが本当に嬉しかったのに。

ティッシュで鼻をかみ、大きく深呼吸をした理紗が再び私を見つめた。

「あのね美琴、これから私が聞くことに正直に答えてほしいの」

「え？」

「そして、私の話を聞いてほしい」

「うん……分かった」

どういう意味なのか分からなかったけれど、私はそう答えた。そして次の瞬間、静かな部屋の中に理紗の声が響いた。

「私ね、知ってるの。美琴が……繰り返してること……」

知っている？　理紗が？　有り得ない。だって私は、繰り返していることを誰にも話していないのだから。そんなはずはないという思いを込めて私は理紗を見つめた。

「驚くに決まってるよね、でも本当なの。だから不思議だった。二度目はあんなに楽しそうにしていたのに、どうして三度目は彰を避けるのかなって……」

「え……なんで……」

最初の転校で後悔した私が二度目の時には全く違う行動を取ったこと、そして三度目は吉見君に冷たくしたこと、それを知っているのは私だけのはずなのに。

「私もね……」

理紗は自分の両手を握り、そして私を真っ直ぐ見つめた。

「私も、同じなの。美琴が転校して来てからの日々を、美琴と同じように繰り返してる。今日が、三度目の終業式だった。だから全部、知ってるの」

私は両手で口元を覆った。思いもよらない告白に、心臓が激しく揺れる。理紗が嘘をつくとは思えないし、こんな嘘をつく理由もない。

「彰はさ、朝事故に巻き込まれるはずだった。先輩に殴られて顔がボコボコになるはずで、球技大会では相手に怪我をさせてしまうはずだった。それが二度目の時、全部美琴のお陰でそうならなかったでしょ？　でもまだそれだけでは私も確信は持てなかったの。球技大会の時に美琴が彰の名前を叫んで、その声に彰が足を止めたのは偶然なのかもしれないし」

理紗の言葉にただ黙って耳を傾けていると、一度息をついた理紗が話を続けた。

「確信したのは、二度目の終業式の日。教室にいた美琴に私がなんて言ったか覚えてる？」

「えっ……」

「『美琴も一緒に来ない？』って誘ったの。そしたら美琴はこう言った『先輩も来るんだし、部活のみんなと楽しんでおいで』って。部活のみんなと集まることも先輩が来ることもこの時私は言わなかったのに、美琴は知ってたってことだよね？」

思い出した私は、理紗を見つめながら頷いた。確かにその通りだった。

理紗の口から語られる言葉を、私は必死に頭の中で整理した。信じられないけれど、理紗が話すことは全て真実なのだと言い切れる内容だ。

「でも今の美琴は彰を避けてたから、今度はもしかしたら彰が事故に遭って大怪我するかもって心配して彰に朝一緒に行こうって言ったんだけど、進路調査のプリント……あれって美琴がやったの？」

私が頷くと、「やっぱり」と呟いた理紗。

「先輩から殴られる時も、二度目も三度目も先生に言ったのは美琴だったんだよね？　トイレに行くって言ってた美琴があんな場所にいること自体おかしいし」

あの時、しゃがみ込んでいる私を見つけた時に理紗は言っていた。

『体育館の方にもいないから心配したんだよ』

三度目の時、理紗は私にそう言ったけれど、どうして私が体育館の方にいると思ったのか。体育館の裏にある部室、そこでなにが行われていたのかを知っていて、私が二度目にそこにいたことを知っていたのは理紗だけだ。でも、どうして理紗が……。

理紗が繰り返さなければならない理由なんてないはずなのに。

「私もさ、そんなこと有り得ないってずっと思ってた。でも実際有り得ないことが自分の身に起こってるから。でも……」

急に言葉を詰まらせ目を伏せたことを不思議に思い理紗の顔を覗き込むと、理紗の目には涙が浮かんでいた。

「どうしたの？」

さっきまで普通に話していた理紗が、声を震わせながら言った。

「でもね、同じように繰り返していた私と美琴の間には、大きく違うことがあるの。

それは……美琴が転校して来る日に戻るタイミング。私は終業式の次の日、朝目覚めた時だった。朝起きたら戻ってたの」

朝、起きたら……。私が戻ったのは、踏切事故に遭った瞬間だった。つまり理紗は……。

「私、あの夜……踏切の事故で……美琴が……」

理紗の涙の意味を、私は理解した。理紗は知っているんだ。私が死んでしまうということを。

「美琴が事故に遭った時間、私は病院にいたの」

「病院？」

「夕方四時頃、お母さんから電話があってね、お父さんが車にはねられたって。家に一人でいた私は動揺して、彰に電話をかけた。彰はすぐに来てくれて、それで……一緒に病院に行ってくれたの」

吉見君が待ち合わせに来なかった理由を知った私は、少しホッとしていた。来たくなかったわけでも忘れていたわけでもなくて、吉見君が理紗のために取った行動、その結果だったと分かったから。私が連絡しても反応がなかったのは、きっと急なことだったからスマホを忘れたのだろう。吉見君らしいと思った。

「電話してきたお母さんも動揺してたみたいで、病院に行ったらたいした怪我じゃなかったの。でもその時、彰が美琴と約束していたことを知って、それで……」

　必死に涙を拭っている理紗。きっとその後、どこかから連絡があって私が死んだことを知ったのだろう。

「戻った時、最初はもちろん戸惑ったけど、すぐに思ったの。私は美琴を助けるために戻ったんじゃないかって。だから、二度目の時は絶対……そう思ったのに……」

　再び大粒の涙を零した理紗、私は立ち上がって理紗の隣に座った。そして膝の上にのせている理紗の手を握ると、その手は震えていた。

「お母さんから電話が来て、いざまたその瞬間が訪れた時……私は……彰を行かせたくないって思ったの」

　ぽろぽろと涙を流し、嗚咽《おえつ》しながらも必死に話す理紗の背中を、私は擦った。

「ここで彰を行かせてしまったら、彰まで失ってしまうかもしれないって……美琴が事故に遭うって分かってるのに、私は……」

　理紗の思いが痛いほど伝わってきた。でもね、違うんだよ。理紗はなにも悪くない。この繰り返しの日々は、私が望んだことだから。

「正義感が聞いて呆れるよね。大事な時に友達を見捨てるなんて、私最低だよ……」

「違うよ、理紗。違うの。最初に事故に遭った時は、もう一度やり直せたらって思った。でも二度目の時、私は……自分で願ったの。明日なんて来なくていい、吉見君の側にいられるだけでいい、同じ日々をずっと繰り返していたいって、そう願った」

「美琴……」

「だからね、理紗のせいなんかじゃないよ」

そう、私は願ったんだ。桜が咲かなくても、明日が来なくても、私は吉見君を想いながら繰り返す日々を生きていたいと。

でも吉見君をもっと好きになってしまったら、明日を夢見てしまうかもしれないと思った。明日を迎えたら、私は死んでしまう。だから私は吉見君を避け、ただ吉見君の隣の席に座っていられる日々を望んだ。

「でも……もうやめようと思う」

「やめるって……」

「吉見君を避け続ける毎日に、意味なんてなかったんだ。ただ苦しいだけだった。それに、私のせいでみんなは明日を迎えられない。だからもういいの」

「いいってどういう意味？　死んでもいいってこと!?」

私の手を強く握る理紗の目を見て、私は頷いた。

「私が明日を望んだら、きっと吉見君は桜が咲くところを見られる。理紗もきっと、明日を迎えられる。だから……」

「違う！　違うよ美琴！　だったら私も一緒に繰り返してた意味は？　私がなにもし

なくていいなんて、そんなはずないんだよ！」

「でも、それしか方法はないから」

「そんなことない！　私、気付いたんだよ。私の役目はきっと、彰を美琴の所に行かせることなんだって。彰を信じて、美琴を守ってくれると信じて、引きとめてしまった彰の背中を押すことなんだって」

吉見君が来ても来なくても、運命はきっと変わらない。それに私だって、吉見君まで死んでしまうことになったら嫌なんだ。

「もういいんだよ。元々私は、病気でいずれ死ぬと思って生きてきた。だから……」

「だから死んでもいいって言うの？　そんなのいいわけないよ！　だって美琴は、奇跡を起こしたじゃん。二度目の時、美琴が必至に頑張ったから、彰を救うことが出来たんでしょ!?　運命は変えられるんだよ！」

涙を拭うことも忘れて、私達は互いに見つめ合った。

「私ね、子供の頃彰に助けられたことがあるの。小学校二年の時、意地悪されていた私を彰が助けてくれた。子供の頃の彰は本当にかっこ良くてさ、そんな彰の姿を見て、私もこんなふうになりたいって思った。彰は忘れてると思うけどね。だから美琴のことも、彰はきっと助けてくれるって信じたい」

「理紗……」

「それに美琴さ、まだ大切なこと言ってないんじゃない？　それを言わないままで、本当にいいの？」

大切なこと。私はまだ一度も、吉見君に好きだと伝えていない。

「私は彰と美琴を信じる。だから美琴も、私と彰を信じてほしい。それで一緒に……明日を迎えようよ」

もういいと諦めていた明日を、みんなと一緒に迎える明日を、私は……。

君に舞う桜

久し振りにこの場所に座ると、春先の風が私の心を少しだけ穏やかにしてくれた。吉見君を想いながら何度も見上げてきた桜の蕾は、春の訪れを今も待っている。今度はきっと、咲かせてあげられるから。吉見君は来ないけれど、私が自分の手でこの繰り返しを終わりにする。

一緒に明日を迎えたいと言ってくれた理紗の言葉は、本当に嬉しかった。でも今の私は吉見君と約束をしていない。もしも吉見君を巻き込んでしまったらと思うと怖くて、ここで待ち合わせをしようって、伝えることは出来なかった。だから……。

図書館の大きな時計が、何度も聞いてきた穏やかなメロディーを鳴らす。ゆっくりと振り返ると、駅の前に立っている彼の姿が目に映った。見間違いだと思ったけれど、私の方に向かって足を進めるその姿が、だんだんと大きくなる。

「雪下さん」

そして、私の名前を呼んだ。

なんで……どうしてここに……。

「ここ、座ってもいいかな」

隣に座った吉見君を私は見つめた。久し振りに見るその顔。これまでのことが全て甦《よみがえ》ってきて、胸が引き裂かれるような想いに自然と涙が溢れてくる。

「雪下さんの家に行こうと思ったら、ベンチに座ってる雪下さんのうしろ姿が見えたから。体は大丈夫？　明日から春休みだし、ゆっくり休んで高校生活最後の一年を迎えよう」

まるで私達が昨日までとても仲が良くて、こうして話すのがあたり前かのように吉見君は笑顔で言った。

「……なんで、ここに来たの？」

冷たさの残る澄みきった青空に、薄く広がり始めた夕日。空を見上げていた吉見君が、私に視線を移した。その瞬間、心臓が高鳴る。

「会いたかったからだよ。長い時間待たせちゃって、ごめん」

「えっ……なん、で……」

「こんなに遅くなっちゃったけど、話そう。二人で……」

吉見君の声が私に届いた時、透明な涙の滴が瞬きと共に弾《はじ》き出された。

「でも、今更話したって……」

「今更じゃないよ。なにも知らない俺にとっては今更なんかじゃない。雪下さんを知るために大切なのは、今この瞬間だから」

「吉見君……」

「正直まだ頭の中が混乱してる。でも俺は、雪下さんの言葉を信じるから。だから聞かせてくれないか？」

吉見君がなにを言いたいのかすぐに分かった。私の家を出た後、理紗が話したんだ。私のこと、繰り返す日々のことを。

吉見君は自分が着ていたコートを私の肩にかけてくれた。全てを終わらせようと決めたのに、その温もりが私の決意を簡単に揺るがす。

「俺の知らない雪下さんのこと。雪下さんが知ってる俺のこと。全部聞きたいんだ、全部」

吉見君と並んでこの場所に座ってから、一度時計の音色を聞いた。そしてもうすぐ二度目が流れようとしていた時、最初の転校からの日々を全て包み隠さず話し終えた私は、口を閉じる。

吉見君は膝に腕をのせ、黙ったまましばらく俯いていた。こんな話、経験していない人にとっては信じられないに決まっている。でも繰り返してきたあの日々は、紛れもない真実だから。

「正直、話を聞いて最初に思ったことはさ……羨ましいっていう思いかな」

「羨ましい……？」

「うん。だって俺の知らない俺は、雪下さんと沢山話をしていた。俺の経験していないことをして、そしてなにより……雪下さんの笑顔を見たんだから」

「私の、笑顔……？」

予想もしていなかった言葉に呆然としている私に、吉見君は言葉を続けた。

「でも今を生きているのは俺なんだ。今ここにいる俺が、雪下さんの笑顔を見たいと願ってる。雪下さんと話がしたい、仲良くなりたい、明日を一緒に迎えたいって」

明日は来ないんだよ。どんなに願っても、私に明日は来ない。

「事故に遭って死ぬはずの私がまた同じ日々を繰り返したこと、それは奇跡なんだって思ってた。色んなことから吉見君を守れたのも、手術が決まったことも奇跡で、でもその奇跡にはなんの意味もなかったの。ただ、苦しいだけだった」

「それは違うよ！　俺を守ったのは奇跡なんかじゃなくて、雪下さんが頑張ってくれたからだ。手術が出来るようになったのだって、他の誰でもない、雪下さん自身が何年も精一杯頑張って病気と闘ったからだろ？」

「吉見君……」

「本当の奇跡はさ……」

吉見君が私の冷たい手をそっと握ると、息を吹き返したかのように心に温かさが宿る。

「今ここにいる俺達が毎日学校に行って、友達に会ってくだらない話をして、そうやって笑って過ごすこと。それが奇跡なんだよ」

「笑って、過ごすこと……」

私はずっと願っていた。普通に高校生活を送りたい、特別なんかじゃなくていいから、友達と一緒にただ毎日を普通に。

「普通に生きていくこと。それ自体が奇跡なんだなって、雪下さんの話を聞いて俺はそう思った」

空に薄く残っていたオレンジ色が消え、色をなくした空が広がっていく。激しくなる心臓の鼓動が、もうすぐやって来るあの時間を私に伝えていた。

「……そうだね、私もそう思う。でもその奇跡は私には起こらないの。話したでしょ？今度はもう、このまま同じ日々を繰り返したいだなんて思わない。だから私は……」

「違うじゃん」

「え？」

吉見君は立ち上がり、私の腕を掴んだ。

「今度はここに、俺がいる」

そう言って私の腕を掴んで歩き出した吉見君。私はただ引っ張られるまま、足を進めた。まるで二人で走ったあの日の朝のように。

「自分で言うのもなんだけどさ、雪下さんに出会ってからなんか俺、少しだけ頑張ってるなって思った。頑張ってるって言ってもどうやって雪下さんと話したらいいか悩んだり毎日話しかけたり、そんなことだけどさ。でも俺にとって雪下さんが……頑張る理由なんだ。雪下さんの話を聞いて、ますますそう思った。俺がいる意味、俺がやるべきことをね」

走る電車の音が聞こえてくると、私は吉見君を止めようと必死に抵抗した。

「ちょっと待って、お願い止まって」

そっちに行くのは、私だけでいいの。このまま進んでしまったら吉見君まで……。

「誰にだって失敗することはあるのに、俺はそこから前を向こうとしなかった。なにもしてこなかった。長い間雪下さんが苦しんでいたのに、それを知らない俺はなにも出来なかった。だから今頑張らないで、いつ頑張るんだよ。理紗とも約束したんだ。明日必ず、話を聞かせるって」

踏切の警報が響くと、勝手に体が震え出した。心臓を強く握られているかのように痛くて、怖い。

「ダメ……ダメだよ！　死んじゃうよ！」

「美琴に出会ってなかったら、俺は死ぬことなんて考えなかったかもしれない。だから美琴に出会えて感謝してるんだ。普通に生きていられる瞬間を、今を精一杯生きたいと思えたから」

見えてきた踏切に、吉見君は足を止めた。点灯する赤い光、大きな音を鳴らしながらゆっくりと遮断機が下りていく。そして吉見君は私の腕を離し……駆け出した。

警報が鳴り響く中、吉見君の背中を追うように走った。

「これ、このベルト外して！」

吉見君が声をかけると、母親はパニックになりながら赤ちゃんについているベルトに手を伸ばした。ガチャガチャと音を鳴らすものの、手元が震えていて上手く外れない。

「落ち着いて、赤ちゃんと一緒に明日を迎えるんだ！」

線路に挟まったタイヤを外している吉見君の言葉に、私は恐怖に固まっていた体を必死に動かした。母親の代わりにベルトの留め具を外すと、泣いている赤ちゃんを抱き上げた。

「雪下さんは二人を連れて早く外に出て！」

「分かった。吉見君も一緒に……」

「早く行け！」

吉見君の声に押されるように、私は母親の手を引いて線路の外へ出た。振り返ると、線路の中で吉見君がベビーカーを外そうとしていた。全身から噴き出る汗、激しい恐怖が胸の底で蠢《うごめ》く。

「……め……ダメ！　早く来て！」

暗闇にいる吉見君の姿が、電車のライトを浴びて浮かび上がる。恐怖に震える足、立っていられなくなった私は地面に手をつき、這《は》うようにして吉見君の元へ手を伸ばした。

生きたい……。何度も諦めてきた命を、明日を、吉見君と一緒に生きていたい。

「早く来て……彰君！」

その瞬間、吉見君はベビーカーを持ち上げ走り出した。ブレーキ音がけたたましく鳴り響くと、伸ばした私の手に……吉見君の手が触れた。

「間に合ったー」

そう言って、吉見君はその場に倒れ込んだ。

震える手で吉見君の体を揺すると、今になってぼろぼろと涙が零れてきた。

「なんで……どうしてこんな無茶を……。吉見君にもしものことがあったら、私……」

吉見君はゆっくりと体を起こし、私を見つめた。そして……。

「なにも考えないで突っ走るのは、俺の特権だから」

そう言って、微笑んだ。

赤ちゃんを抱き、泣きながら母親は私達にお礼を言った。そして警察から事情を聞かれた後二人で戻った場所は、あのベンチだった。

なにも言わずに座った私達は、夜空の下に立つ桜の木を見上げた。吉見君に明日を見せてあげるには、私が事故で死ぬことを受け入れるしかないと思っていたのに。

「吉見君、私……」

「歩けたね」

「え……」

「明日への一歩、一緒に進めた」

友達が出来て楽しい学校生活を送り、好きな人の側にいられて、手術が受けられるようになったとしても、なにも変わらないと思っていた。

繰り返す日々の中でなにかが変わったとしても、吉見君と並んで歩くことは出来ない。二人で見る未来は絶対に訪れない。この桜の木が花を咲かせるところを、私は見られないと思っていた。でも……。

「今の俺は雪下さんにちゃんと伝えられていないから、言うね」

吉見君が私に体を向けると、届くことのなかった想いが高鳴る心臓の音と共に膨れ上がっていく。

「俺と、桜祭りに行って下さい。雪下さんと一緒に……見たいんだ」

進んだ時間の中で、ずっと言えなかった言葉が涙と一緒に溢れ出した。

「私……吉見君と一緒に、この花が咲くところを見たい。吉見君のことが……好き」

冷えて固くなっていた私の心が、あなたと笑い合えたことで少しずつ溶けていった。

毎日私に声をかけてくれたこと、隣の席で何げない会話を交わした日々、一緒に学校に行ったこと、球技大会を精一杯やりきったこと。全てがあたり前で普通の日々だったけれど、そのどれもが私にとっては特別だった。

もしも願いが叶うなら……そんなあたり前で特別な毎日を、精一杯歩いてみたい。

「俺も、雪下さんのことが好き。泣いてても笑ってても、どんな雪下さんだったとしても……雪下さんが俺の、頑張る理由だから」

「吉見君……」

まるでそこに綺麗なピンク色の花が咲いているかのように、私達は桜の木を見つめた。静かで穏やかな時間が、私達の間に流れる。

「子供の頃の夢をさ、もう一度追いかけてみようかなって思ってるんだ。今までなにもしてこなかった分、精一杯やって。そしたらさ、なにもなかった俺にも自分の進むべき道が見えてくるかもしれないし」

「うん。吉見君ならきっと大丈夫だよ。咄嗟の時、友達を助けることが出来る吉見君ならば」

「だからあれは別に……って、まぁいいか」

二人で笑い合う中、私は自分の未来を心の中で描いた。生きることが出来ないと思っていたこの先の未来に奇跡が起こるように、普通に過ごすことの出来る毎日を精一杯生きるために、まずは戦わなくてはいけないことがある。

「私ね、三週間後に手術を受けるの。だからもしかしたら桜祭りには……」

「いいじゃん。そしたら来年の桜祭りに行けばいい。再来年も、その先もずっと、桜はこれからも咲き続けるんだから」

「うん、そうだね……」

手術を受けても、長く生きられるかどうかは分からない。けれど私は信じてる。

理紗が私達を信じて勇気を出してくれたように、吉見君が立ち止まっていた私を前に進めてくれたように、精一杯生きていればきっと明るい明日を迎えられるって、そう信じてるから。

believing tomorrow

遠くの方で一面に広がる淡いピンク色。

見上げると、雲一つない青色を背景に綺麗な花びらが時折宙を舞う。

随分時間がかかってしまったけれど、ようやく見られた。

沢山の桜の木から離れてポツンと立っているこの木は、きっと寂しくなんかない。

離れていても、みんなと同じなのだから。春になったら花を咲かせられる。

上に向けた掌《てのひら》に、一枚の桜の花びらがふわりと止まった。

「美琴ー！」

振り返ると、彼が大きく手を振りながら走って来た。

「ごめんね、遅くなって」

「ううん、全然」

「うわー向こう混んでそうだな」

片手で日差しを遮り、桜祭りが行われている広場を眺めながら言った。

「去年は私が入院してたから、やっと一緒に見られたね」

「あぁ、そうだな」

空いている彼の手を私が握ると、少し照れたように微笑みながら握り返してくれた。

短い期間で沢山花を咲かせた桜は、あっという間に散ってしまう。けれどそこから
また次に花を咲かせる日まで、夏の暑さや冬の寒さに耐えながら精一杯生きていくん

だ。

明日が来るという奇跡を大切に、普通の毎日を精一杯生きて、そして来年の桜の日、私はまたここで彰君と一緒に桜の花を見上げよう。

満開に咲いた桜の木の下で……君を想いながら。

あとがき

こんにちは、菊川あすかです。『桜が咲く頃、君の隣で。』をお読み頂き、ありがとうございました。

当たり前の日常が当たり前でなくなった時に、人は初めてそれまでの何気ない日々がどれだけ大切でどれだけ幸せなことだったのかと気付くのだと思います。

前作『そして君に最後の願いを。』のあとがきでも触れているのですが、それまでの毎日が突然ガラリと変わってしまった経験が私にもあります。悲しみや絶望が一気に襲ってきて、前を向くことが出来なかった。この物語の主人公である美琴も、自分に突き付けられた現実に悩み苦しむ中、彰や友達と過ごす日々が彼女の心を少しずつ溶かしていきます。

あり得ないことが物語の中で起こりますが、運命を変えるということ、それは本当にあり得ないことなのでしょうか？　もちろん現実では、過ぎてしまった時間を戻すことなど出来ません。でも後悔したり悲しんだりした後で「この先の未来は精一杯生きよう」、そう思うだけでも運命を変えたことになるような気がします。これまで気付けなかった大切なことに気付く、それはとても大きな変化なのではないでしょうか。
今までなんとなく生きてきた日々を、ほんの少し頑張ってみる。今まで適当にやってきたけど、もうちょっと真剣に向き合ってみよう。諦めないでとりあえず最後までやってみよう。学校、部活、行事、遊び、仕事、恋愛……どんなことでもいいから自分なりに精一杯過ごしてみたら、自分に起こるかもしれない悲しい出来事や辛い出来事、つまらない日々が輝かしい物へと変わるかもしれない。変わってほしいと、私はそう思います。

私はかつて、大切な人を二人亡くしているのですが、その一人は癌でこの世を去りました。余命は一ヶ月か二ヶ月、そう宣告されましたが、四ヶ月以上も生きることが出来ました。もしも本人や周りの人が諦めてしまっていたら、延びた二ヶ月の命はなかったかもしれない。その二ヶ月の間に交わした会話や笑い合ったことも、全てなかったかもしれない。余命以上に生きられたのは、その人が痛みと闘いながらも精一杯生きたからこそ起こった奇跡なのだと、今でも私はそう信じています。

小説を読んで感じることは人それぞれだと思いますが、作品に込めた思いが少しでも伝わったらいいなと思います。そしてこの作品を含めてこれまで三作品を世に出させて頂きましたが、実はこの三作品には共通する大きなテーマのようなものがあります。一作目の時は次の作品のことは考えていませんでしたが、二作目を書いている時に、「ああ、私が伝えたいことって共通しているんだな」ということに気が付きました。
もちろん作品の内容やそれぞれに込めたメッセージは違いますが、飴村様の素敵なカバーイラストと共に三部作として楽しんで頂けたら嬉しいです。

最後になりましたが、的確なアドバイスをくださったり、悩んでいる時には明るく励ましてくれたりと、本当にいつもお世話になっている担当の篠原様、一作目二作目に引き続き今回も素晴らしいカバーイラストを描いてくださった飴村様、スターツ出版の皆様、いつも応援してくださる読者の皆様、この作品で初めて私の小説に触れてくださった皆様、作品に関わってくださった全ての方々に感謝致します。

また皆様に新たな作品を届けられるよう、何気ない日常を大切に、これからも精一杯頑張っていきたいと思います。本当にありがとうございました。

二〇一八年三月　　菊川あすか

この物語はフィクションです。実在の人物、団体等とは一切関係がありません。

菊川あすか先生へのファンレターのあて先
〒104-0031　東京都中央区京橋1-3-1　八重洲口大栄ビル7F
スターツ出版(株) 書籍編集部 気付
菊川あすか先生

桜が咲く頃、君の隣で。

2018年3月28日　初版第１刷発行
2018年4月18日　　　第２刷発行

著　者　　菊川あすか　

発 行 人　松島滋
デザイン　西村弘美
Ｄ Ｔ Ｐ　株式会社エストール
編　　集　篠原康子
　　　　　堀家由紀子
発 行 所　スターツ出版株式会社
〒104-0031
東京都中央区京橋1-3-1　八重洲口大栄ビル7F
TEL　販売部　03-6202-0386（ご注文等に関するお問い合わせ）
URL　http://starts-pub.jp/
印 刷 所　大日本印刷株式会社

Printed in Japan

ISBN　978-4-8137-0430-0　C0193

ISBN978-4-8137-0262-7

スターツ出版文庫　好評発売中!!

『届くなら、あの日見た空をもう一度。』　武井《たけい》ゆひ・著

何気なく過ぎていく日々から抜け出すために上京した菜乃花。キラキラとした大学生活ののちに手にしたのは、仕事の楽しさと甘いときめき。だが、運命の人と信じていた恋人に裏切られたのを機に、菜乃花の人生の歯車は狂い始め、ついには孤独と絶望だけが残る。そんな彼女の前に現れたのは年下の幼馴染み・要。幼い頃からずっと菜乃花に想いを寄せてきた要は、悩みつつも惜しみなく一途な愛を彼女に注ぎ、凍てついた心を溶かしていくが…。第２回スターツ出版文庫大賞にて特別賞受賞。“究極の愛と再生の物語”に号泣！

ISBN978-4-8137-0411-9 ／ 定価：本体540円＋税

『降りやまない雪は、君の心に似てる。』　永良《ながら》サチ・著

弟を事故で失って以来、心を閉ざしてきた高校生の小枝は、北海道の祖母の家へいく。そこで出逢ったのは“氷霰症候群《アイスヘイルシンドローム》”という奇病を患った少年・俚斗だった。彼の体温は病気のせいで氷のように冷たく、人に触れることができない。だが不思議と小枝は、氷のような彼に優しい温もりをもらい、凍った心は徐々に溶かされていった。しかしそんな中、彼の命の期限が迫っていることを知ってしまい——。触れ合うことができないふたりの、もどかしくも切ない純愛物語。

ISBN978-4-8137-0409-6 ／ 定価：本体570円＋税

『奈良まちはじまり朝ごはん2』　いぬじゅん・著

奈良のならまちにある『和温《わおん》食堂』で働く詩織。紅葉深まる秋の寒いある日、店主・雄也の高校の同級生が店を訪ねてくる。久しぶりに帰省した旧友のために、奈良名物『柿の葉寿司』をふるまうが、なぜか彼は食が進まず様子もどこか変。そんな彼が店を訪ねてきた、人には言えない理由とは——。人生の岐路に立つ人を応援する“はじまりの朝ごはん”を出す店の、人気作品第２弾！読めば心が元気になる、全４話を収録。

ISBN978-4-8137-0410-2 ／ 定価：本体590円＋税

『れんげ荘の魔法ごはん』　本田晴巳《ほんだはるみ》・著

心の中をのぞける眼鏡はいらない—。人に触れると、その人の記憶や過去が見えてしまうという不思議な力に苦悩する20歳の七里。彼女は恋人の裏切りを感知してしまい、ひとり傷心の末、大阪中崎町で「れんげ荘」を営む潤おじさんのもとを、十年ぶりに訪ねる。七里が背負う切なくも不可解な能力、孤独…すべてを知る潤おじさんに、七里は【れんげ荘のごはん】を任せられ、自分の居場所を見出していくが、その陰には想像を越えた哀しくも温かい人情・優しさがあった——。感涙必至の物語。

ISBN978-4-8137-0394-5 ／ 定価：本体530円＋税

スターツ出版文庫　好評発売中!!

『ウソツキチョコレート』　麻沢《あさざわ》奏《かな》・著

あるトラウマから、高1の美亜は男の子に触れることができない。人知れずそんな悩みを抱える中、ある日、兄の住むマンションの屋上で、“ウソツキ”と名乗る年上男に出会い、「魔法のチョコ」を渡される。それは辛いことや不安を軽くする、精神安定剤のような成分を含むという。その日以来、美亜は学校帰りに、謎の“ウソツキさん”のいる屋上を訪れ、次第に心を通わせていく。クールだけど、そこはかとなく優しい彼はいったい何者…⁉ ラスト、思いがけないその正体、彼の本当の想いを知った時、温かい涙が頬を伝うはず。

ISBN978-4-8137-0395-2 ／ 定価：本体530円＋税

『僕は明日、きみの心を叫ぶ。』　灰芭《はいば》まれ・著

あることがきっかけで学校に居場所を失った海月は、誰にも苦しみを打ち明けられず、生きる希望を失っていた。海月と対照的に学校の人気者である鈴川は、ある朝早く登校すると、誰もいない教室で突然始まった放送を聞く。それは信じがたいような悲痛な悩みを語った海月の心の叫びだった。鈴川は顔も名前も知らない彼女を救いたい一心で、放送を使って誰もが予想だにしなかったある行動に出る――。生きる希望を分け合ったふたりの揺るぎない絆に、感動の涙が止まらない！　第2回スターツ出版文庫大賞フリーテーマ部門賞受賞作。

ISBN978-4-8137-0393-8 ／ 定価：本体530円＋税

『神様の居酒屋お伊勢』　梨木《なしき》れいあ・著

就活に難航中の莉子は、就職祈願に伊勢を訪れる。参拝も終わり門前町を歩いていると、呼び寄せられるように路地裏の店に辿り着く。『居酒屋お伊勢』と書かれた暖簾をくぐると、店内には金髪の店主・松之助以外に客は誰もいない。しかし、酒をひと口呑んだ途端、莉子の目に映った光景は店を埋め尽くす神様たちの大宴会だった⁉　神様が見える力を宿す酒を呑んだ莉子は、松之助と付喪神の看板猫・ごま吉、お掃除神のキュキュ丸と共に、疲れた神様が集う居酒屋で働くことになって……。

ISBN978-4-8137-0376-1 ／ 定価：本体530円＋税

『僕の知らない、いつかの君へ』　木村《きむら》咲《さき》・著

アクアリウムが趣味の高2・水嶋慶太は、「ミキ」という名前を使い女性のフリをしてブログを綴る日々。そんな中、「ナナ」という人物とのブログ上のやり取りが楽しみになる。だが、あることをきっかけに慶太は、同じクラスの壷井菜々子こそが「ナナ」ではないかと疑い始める。慶太と菜々子の関係が進展するにつれ、「ナナ」はブログで「ミキ」に恋愛相談をするようになり、疑惑は確信へ。ついに慶太は秘密を明かそうと決意するが、その先には予想外の展開が―。第2回スターツ出版文庫大賞にて、恋愛部門賞受賞。

ISBN978-4-8137-0378-5 ／ 定価：本体540円＋税